Scherz Krimi
Spannung mit Niveau

Dorothy Sayers

Feuerwerk

Scherz
Bern – München – Wien

Einzig berechtigte Übertragung aus dem Englischen
von Maria Meinert
Titel des Originals: »In the Teeth of Evidence«
Schutzumschlag von Heinz Looser
Foto: Thomas Cugini

7. Auflage 1982, ISBN 3-502-50802-X

Gesamtdeutsche Rechte beim Scherz Verlag Bern und München
Gesamtherstellung: Ebner Ulm

Feuerwerk

«Na, alter Junge», sagte Mr. Lamplough, «was kann ich für dich tun?»

«Der Brummer wird wohl in Aktion treten müssen», meinte Lord Peter Wimsey, während er sich auf dem mit grünem Leder bezogenen Marterstuhl niederließ und mit einer Grimasse des Abscheus auf den Bohrer deutete. «Links oben ist mir ein Bakkenzahn abgebrochen, und ausgerechnet, als ich eine Omelette aß. Es ist mir schleierhaft, warum das bei solchen Gelegenheiten passiert. Wenn ich nun Nüsse geknackt oder auf einem Pfefferminzbonbon herumgekaut hätte ...»

Mr. Lamplough machte eine besänftigende Bemerkung und zog mit magischem Griff einen Spiegel mit elektrischer Birne aus dem Zauberkasten zu Lord Peters Linken.

«Schmerzen?»

«Keine Schmerzen», erwiderte Wimsey gereizt, «abgesehen von einer scharfen Kante, die mir fast die Zunge absägt. Ich frage mich nur: was soll das? Ich habe dem Zahn doch nichts getan.»

«Nein?» sagte Mr. Lamplough in halb professionellem, halb freundschaftlichem Ton; denn er hatte auch die Winchester-Schule besucht und gehörte zu einem von Wimseys Klubs. In ihrer Jugend hatten sie häufig miteinander Kricket gespielt. «Wenn du mal eine Sekunde den Schnabel halten wolltest, könnte ich mir den Schaden ansehen. Aha!»

«Sag nicht ‹Aha!› in diesem Ton, als ob du Paradentose und Kieferschwund entdeckt hättest und dich vor Freude nicht lassen könntest, alter Blutsauger. Bohr ihn aus, stopf die Füllung hinein, und fertig. Was hast du übrigens ausgefressen? Ich bin einem Polizeiinspektor auf deiner Schwelle begegnet. Du brauchst gar nicht so zu tun, als sei er seines Gebisses wegen gekommen; ich habe nämlich gesehen, daß sein Wachtmeister draußen auf ihn wartete.»

«Ja, das ist eine ziemlich merkwürdige Angelegenheit», sagte Mr. Lamplough, während er seinen Freund geschickt mit einer Hand knebelte und ihm mit der anderen Watte in den hohlen Zahn stopfte. «Eigentlich sollte ich nicht darüber reden; aber du würdest es ja doch aus deinen Freunden von Scotland Yard

herauslotsen. Der Inspektor wollte die Bücher meines Vorgängers einsehen. Vielleicht hast du die Notiz in der Zeitung gelesen über einen Zahnarzt, der in einer brennenden Garage in Wimbledon tot aufgefunden wurde.»
«Ae-ä», verneinte Lord Peter Wimsey mit aufgerissenem Mund.
«Gestern abend», fuhr Mr. Lamplough fort, «brannte es auf einmal, gegen neun Uhr. Sie haben drei Stunden gebraucht, um das Feuer zu löschen. Es war eine dieser verdammten Holzgaragen, und sie hatten alle Hände voll zu tun, das Wohnhaus vor den Flammen zu schützen. Glücklicherweise liegt es ganz am Ende der Straße. Niemand war zu Hause; sie sind alle verreist. Offenbar war dieser Mr. Prendergast im Begriff, ebenfalls auszufliegen, und hat es dabei fertiggebracht, sich, seinen Wagen und seine Garage in Brand zu setzen. Als man ihn fand, war die Leiche so verkohlt, daß man ihn nicht mit Sicherheit identifizieren konnte. Daher will sich die Polizei seine Zähne ansehen.»
«Wirklich?» sagte Wimsey, während er zusah, wie Mr. Lamplough einen neuen Bohrer einsetzte. «Hat man denn nicht versucht, das Feuer zu löschen?»
«O ja, aber es war ein Holzschuppen, dazu voller Benzin, und brannte sofort lichterloh. Den Kopf bitte ein wenig nach hier. So ist's gut.» G-r-r-r s-s-s-s-g-r-r. «Man nimmt an, daß es sich um Selbstmord handeln könnte. Der Mann ist verheiratet und hat drei Kinder.» S-s-s g-r-r-r s-s-s. «Seine Familie ist in Worthing, zu Besuch bei seiner Schwiegermutter. Sag mir, wenn's weh tut.» G-r-r. «Ich glaube, die Praxis ging nicht gut, dazu Eheschwierigkeiten und was weiß ich. Immerhin kann ihm auch einfach beim Auffüllen seines Tanks ein Unglück zugestoßen sein. Soviel ich verstand, wollte er gestern abend zu seiner Familie fahren.»
«A-ha-u-ai-u-u?» gurgelte Wimsey.
«Was ich damit zu tun habe?» interpretierte Mr. Lamplough korrekt. Lange Erfahrung hatte ihn zum Experten in der Deutung solcher Urlaute gemacht. «Nun, der Mann, dessen Praxis ich übernommen habe, hatte den Kollegen Prendergast zahnärztlich behandelt.» S-s-s-s. «Er ist inzwischen gestorben, hat mir aber damals seine Bücher zur Orientierung hinterlassen,

falls einige seiner alten Patienten geneigt sein sollten, sich mir anzuvertrauen.» *G-r-r s-s-s.* «Hast du das gespürt? Tut mir leid. Tatsächlich suchen mich manche von ihnen auf. Die Menschen trotteln wohl instinktiv zur selben alten Stelle, wenn sie von Schmerzen gepeinigt werden. Genau wie die sterbenden Elefanten. Willst du bitte spülen?»

«So steht die Sache also», meinte Wimsey, nachdem er die Splitter ausgespuckt und den verwüsteten Backenzahn mit der Zunge untersucht hatte. «Merkwürdig, daß einem diese Löcher immer so groß vorkommen. Mir ist, als könnte ich meinen Kopf hineinstecken. Aber du wirst ja wissen, was du tust. Und was ist nun mit Prendergasts Zähnen?»

«Hatte noch keine Zeit, die Bücher durchzusehen; habe ihnen aber versprochen, nach Wimbledon zu fahren und die Sache an Ort und Stelle zu prüfen, sobald ich mit dir fertig bin. Es ist sowieso meine Mittagspause, und die nächste Patientin hat, Gott sei Dank, abgesagt. Etwas weiter aufmachen, wenn's geht.» *G-r-r.* «So ist's recht. Nun können wir eine provisorische Füllung einlegen. Bitte spülen.»

«Schön», sagte Wimsey. «Aber nimm bloß nicht zuviel von diesem scheußlichen Nelkenöl. Du kannst dir nicht vorstellen, wie schauderhaft mit Nelken gewürzter Kaviar schmeckt.»

«Doch», lachte Mr. Lamplough. «Bitte zusammenbeißen. Aufmachen. Gut. Jetzt bist du erlöst. Noch mal spülen? Bitte. Und wann kommst du wieder?»

«Unsinn», sagte Wimsey, «ich komme mit. Nach Wimbledon. Du bist zweimal so schnell da, wenn ich dich fahre. Eine Leiche in einer brennenden Garage habe ich noch nie gehabt und möchte etwas lernen.»

Der Anblick verkohlter Leichen ist alles andere als erfreulich. Trotz seiner Kriegserfahrungen vermochte Wimsey sich nicht mit dem Objekt anzufreunden, das da in der Polizeiwache vor ihm lag. Vor diesem grausigen Etwas, das überhaupt keine Ähnlichkeit mit einem menschlichen Wesen mehr hatte, erblaßte selbst der Polizeiarzt, während Mr. Lamplough so überwältigt war, daß er die mitgebrachten Bücher aus der Hand legen und sich ins Freie verziehen mußte. Unterdessen drehte Wimsey, der sich mit den Polizeibeamten bekannt gemacht hatte, nachdenklich den kleinen Haufen von geschwärzten Siebensachen um, der den Inhalt von Prendergasts Taschen darstellte. Es war nichts Bemerkenswertes darunter. Die lederne Brieftasche enthielt noch die Überreste eines ziemlich dicken Banknotenbündels — zweifellos Bargeld für die Ferien in Worthing. Die goldene Uhr war um sieben Minuten nach neun stehengeblieben. Wimsey machte eine Bemerkung über ihren guterhaltenen Zustand; er erklärte sich wohl aus ihrer geschützten Lage zwischen dem linken Arm und dem Körper.

«Es hat den Anschein, als ob die erste plötzliche Glut ihn regelrecht übermannt hätte», meinte der Polizeiinspektor. «Er hat offensichtlich keinen Versuch gemacht, ins Freie zu kommen, ist einfach über das Steuerrad gefallen und mit dem Kopf auf das Armaturenbrett geschlagen. Deshalb ist das Gesicht so entstellt. Ich werde Ihnen nachher die Überreste des Wagens zeigen, Mylord. Wenn der andere Herr sich besser fühlt, wollen wir erst einmal die Leiche vornehmen.»

Die Leiche «vorzunehmen» erwies sich als eine ebenso langwierige wie unangenehme Aufgabe. Mr. Lamplough, der seine ganze Kraft zusammennahm, prüfte sorgfältig mit Zange und Sonde die Kiefer, welche durch die Hochofenhitze fast bis zur Knochenstruktur reduziert waren, während der Polizeiarzt den Befund mit den Eintragungen in den Büchern verglich. Mr. Prendergasts zahnärztliche Behandlung hatte sich über mehr als zehn Jahre erstreckt, und zwei oder drei Füllungen stammten noch aus einer früheren Periode, was bei seinem ersten Besuch bei Mr. Lamploughs Vorgänger vermerkt worden war.

Am Ende der langen Untersuchung blickte der Polizeiarzt von den Notizen, die er sich gemacht hatte, auf.

«Wir wollen das noch einmal kontrollieren», schlug er vor. «Wenn wir berücksichtigen, daß alte Arbeiten erneuert worden sind, haben wir wohl ein ziemlich genaues Bild von der jetzigen Verfassung seines Gebisses. Es sollten im ganzen neun Füllungen vorhanden sein. Kleine Amalgamfüllung im rechten unteren Weisheitszahn; große Amalgamfüllung rechts unten erster hinterer Backenzahn; Amalgamfüllungen rechts oben im ersten und zweiten vorderen Backenzahn am Berührungspunkt; rechter oberer Schneidezahn Stiftkrone. Stimmt's?»

«Ich denke, ja», erwiderte Mr. Lamplough. «Nur scheint der rechte obere Schneidezahn ganz zu fehlen. Aber vielleicht hatte

sich die Krone gelockert und ist herausgefallen.» Er sondierte vorsichtig. «Der Kiefer ist sehr spröde — ich kann den Wurzelkanal nicht entdecken — aber es spricht nichts dagegen.»
«Die Krone finden wir vielleicht nachher in der Garage», meinte der Inspektor.
«Linke Seite», fuhr der Polizeiarzt fort. «Gebrannte Porzellanfüllung im oberen Eckzahn, Amalgamfüllungen oben erster vorderer Backenzahn, unten zweiter vorderer Backenzahn und unten zweiter hinterer Backenzahn. Das scheint alles zu sein. Weder fehlende noch künstliche Zähne. Wie alt war dieser Mann, Inspektor?»
«Ungefähr fünfundvierzig, Doktor.»
«Genau so alt wie ich. Ich wünschte, ich hätte so gute Zähne», seufzte der Arzt, und Mr. Lamplough pflichtete ihm bei.
«Dann können wir also annehmen, daß es Mr. Prendergast ist», meinte der Inspektor. «Bleibt nur noch die Frage, ob es sich um einen Unfall oder um Selbstmord handelt.»
«Ziemlich abgelegen für einen Zahnarzt», bemerkte Mr. Lamplough, als sie bei einigen verstreuten Häusern am Stadtrand anlangten.
Der Inspektor schnitt eine Grimasse.
«Ganz meine Meinung, Sir, aber Mrs. Prendergast überredete ihren Mann, sich hier draußen niederzulassen. So schön es für die Kinder ist, so ungünstig ist es für die Praxis. Ich sage Ihnen offen, daß Mrs. Prendergast einigen Anlaß zu der Selbstmordtheorie gab.»
Ein Menschenknäuel drängte sich vor dem Gartentor eines Einfamilienhauses am Ende einer Reihe ähnlicher Häuser. Von einem Trümmerhaufen im Garten wehte ein ekelhafter Brandgeruch herüber. Der Inspektor ging den anderen voran durch das Tor, begleitet von den Bemerkungen der Umstehenden.
«Aha, der Inspektor ... Das dort ist Dr. Maggs ... Das ist wohl auch ein Arzt, der mit der Tasche ... Wer kann denn das sein? ... Pah, wahrscheinlich der Versicherungsagent ...»
Wimsey grinste unschicklich vor sich hin, während sie den Gartenpfad hinuntergingen. Der Anblick des Wagengerippes inmitten der nassen, geschwärzten Überreste der Garage stimmte ihn wieder ernst. Zwei mit einem Sieb über Asche und Schutt gebeugte Polizisten richteten sich auf und grüßten.

«Kommen Sie gut voran, Jenkins?»
«Haben noch nicht viel gefunden, Sir. Nur eine Zigarettenspitze aus Elfenbein. Dieser Herr...» er deutete auf einen untersetzten Mann mit Glatze und Brille, «ist Mr. Tolley von der Autofabrik. Der Kommissar hat ihn hergeschickt, Sir.»
«Schön. Was ist Ihre Meinung, Mr. Tolley? Dr. Maggs kennen Sie wohl schon. Mr. Lamplough. Lord Peter Wimsey. Übrigens, Jenkins, Mr. Lamplough hat das Gebiß des Toten untersucht und hält Ausschau nach einem verlorenen Zahn. Sie können versuchen, ihn zu finden. Nun, Mr. Tolley, was sagen Sie?»
«Ich bin mir ziemlich klar darüber, wie es passiert ist», erwiderte Mr. Tolley, der nachdenklich in den Zähnen stocherte. «Regelrechte Todesfallen, diese kleinen Limousinen, wenn etwas unerwartet schiefgeht. Der Wagen hatte einen Vordertank, und es sieht ganz so aus, als ob es irgendwo hinter dem Armaturenbrett geleckt hätte. Vielleicht war eine Schweißnaht gesprungen, oder die Verbindung zur Benzinleitung hatte sich gelockert. Aus einem beschädigten Tank oder Rohr kann eine ganze Menge langsam heraussickern, und der Wagen war vorn anscheinend mit Kokosmatten verkleidet, weshalb es nicht gleich aufgefallen ist. Es hat natürlich nach Benzin gerochen, aber in diesen kleinen Garagen riecht es meistens nach Benzin, und Mr. Prendergast hatte mehrere Kanister Vorrat. Anscheinend hat er seinen Tank aufgefüllt – es stehen zwei leere Kanister neben der Haube – ist eingestiegen, hat die Tür geschlossen, vielleicht den Wagen angelassen und sich eine Zigarette angezündet. Sind dann Benzindämpfe von irgendeinem Leck vorhanden, explodiert die ganze Chose – wumm!»
«Wie war die Zündung?»
«Abgestellt. Vielleicht hatte er sie gar nicht eingeschaltet; aber es ist ebenso denkbar, daß er sie wieder abgestellt hat, sobald die Flammen hochschlugen. Natürlich Unsinn, aber viele Leute machen das. Das Richtige wäre gewesen, den Benzinhahn abzudrehen und den Motor laufen zu lassen, damit der Vergaser sich entleert. Aber man denkt nicht immer scharf, wenn man bei lebendigem Leibe verbrennt. Vielleicht hat er auch die Absicht gehabt, die Benzinzufuhr abzustellen, und hat das Bewußtsein verloren, ehe er sie ausführen konnte. Der Tank ist hier, auf der linken Seite, sehen Sie.»

«Andererseits», ließ sich Wimsey hören, «mag er Selbstmord begangen und den Unfall vorgetäuscht haben.»
«Schauderhafte Selbstmordart.»
«Und wenn er vorher Gift genommen hätte?»
«Er hätte lange genug am Leben bleiben müssen, um den Wagen in Brand zu setzen.»
«Allerdings. Und wenn er sich erschossen hätte, würde das Feuer der Pistole... Nein, das ist Unsinn, in diesem Falle hätte man die Waffe gefunden. Oder eine Spritze? Nein, derselbe Einwand. Mit Blausäure hätte er es vielleicht geschafft – ich meine, er hätte eine Tablette nehmen können und gerade noch Zeit gehabt, den Wagen in Brand zu setzen. Blausäure wirkt schnell, aber nicht unbedingt sofort.»
«Ich werde auf jeden Fall Ausschau danach halten», versprach Dr. Maggs.
Sie wurden von dem Polizisten unterbrochen.
«Entschuldigen Sie, Sir, aber ich glaube, wir haben den Zahn gefunden. Mr. Lamplough sagt, es sei der richtige.»
Zwischen seinem schmutzigen Daumen und Zeigefinger hielt er einen kleinen, knochigen Gegenstand, aus dem ein Metallstift herausragte.
«Dem Aussehen nach zu urteilen, ist es die Richmondkrone eines rechten oberen Schneidezahns», bestätigte Mr. Lamplough. «Der Zement hat sich wohl in der Hitze aufgelöst. Manche Zementsorten sind gegen Hitze empfindlich, manche gegen Feuchtigkeit. Nun, dadurch ist der Fall wohl geklärt, nicht wahr?»
«Ja – wir werden es der Witwe schonend beibringen müssen. Allerdings wird sie nicht mehr daran gezweifelt haben.»
Mrs. Prendergast – eine Dame mit zuviel Make-up und einem Gesicht, in das gewohnheitsmäßige Verdrießlichkeit tiefe Linien gegraben hatte – brach beim Empfang dieser Nachricht in lautes Schluchzen aus. Sobald sie sich genügend erholt hatte, teilte sie ihnen mit, daß Arthur stets nachlässig mit Benzin umgegangen sei; daß er zuviel geraucht habe; daß sie ihn oft vor der Gefährlichkeit kleiner Limousinen gewarnt und ihm geraten habe, sich einen größeren Wagen anzuschaffen, denn sein Wagen sei wirklich nicht groß genug für sie und die ganze Familie gewesen; daß er es nicht lassen konnte, nachts zu fah-

ren, obgleich sie immer gesagt habe, es sei gefährlich, und daß dies niemals geschehen wäre, wenn er auf sie gehört hätte.

«Der arme Arthur war kein guter Fahrer. Erst letzte Woche, als er uns nach Worthing brachte, fuhr er den Wagen eine Böschung hinauf beim Versuch, einen Lieferwagen zu überholen.»

«Aha!» rief der Inspektor, «bei der Gelegenheit muß der Tank undicht geworden sein.» Vorsichtig erkundigte er sich, ob Mr. Prendergast wohl einen Grund gehabt haben könnte, sich das Leben zu nehmen. Die Witwe war empört. Allerdings sei die Praxis in letzter Zeit ein wenig zurückgegangen, aber so etwas Entsetzliches hätte Arthur nie getan. Du liebe Güte, erst vor drei Monaten hatte er sich ja in Höhe von fünfhundert Pfund in eine Lebensversicherung eingekauft. Die hätte er nie durch einen Selbstmord aufs Spiel gesetzt. So rücksichtslos Arthur ihr gegenüber auch gewesen sei, wie sehr er sie auch als Frau verletzt habe, er hätte seine unschuldigen Kinder nicht beraubt.

Bei dem Wort «verletzt» spitzte der Inspektor die Ohren. Inwiefern hatte er sie verletzt?

Oh, sie hatte natürlich die ganze Zeit gewußt, daß Arthur sich mit dieser Mrs. Fielding abgab. Er konnte sie nicht täuschen mit all dem Gerede, daß die Zähne dieser Frau ständige Behandlung nötig hätten. Und es war ganz schön und gut, zu sagen, daß Mrs. Fieldings Haus besser im Schuß sei als ihr eigenes. War das etwa erstaunlich bei einer reichen Witwe ohne Anhang und ohne alle Verpflichtungen? Mrs. Fielding fiel es natürlich nicht schwer, die Männer anzulocken, wo sie sich wie eine Modepuppe kleidete und einen solchen Lebenswandel führte. Sie, Mrs. Prendergast, hatte gesagt: «Wenn das nicht aufhört, lasse ich mich scheiden!» Seitdem hatte er alle seine Abende in London verbracht – und was mochte er dort nur ...

Der Inspektor unterbrach diesen Redefluß, indem er sich nach Mrs. Fieldings Adresse erkundigte.

«Die kann ich Ihnen nicht geben», erwiderte Mrs. Prendergast. «Sie hat hier in Nummer 57 gewohnt, aber sie ist ins Ausland gegangen, nachdem ich ein für allemal klargestellt hatte, daß ich mir dies nicht mehr bieten lassen würde. Manche Leute haben es doch gut ... Ich bin seit unserer Hochzeitsreise – und die führte nur bis Boulogne – nie wieder ins Ausland gekommen.»

Nach dieser Unterredung legte der Inspektor Dr. Maggs nahe, bei seiner Suche nach Blausäure doch recht gründlich zu sein.

Die letzte Zeugenaussage stammte von Gladys, dem Alleinmädchen im Prendergastschen Haushalt. Sie hatte das Haus am Tage zuvor um sechs Uhr verlassen; sie sollte eine Woche Ferien nehmen, während die Prendergasts in Worthing waren. Mr. Prendergast hatte ihr in den letzten Tagen einen gequälten und nervösen Eindruck gemacht, doch das hatte sie nicht überrascht, weil sie wußte, daß er nur ungern bei der Familie seiner Frau weilte. Gladys hatte ihre Arbeit beendet, eine kalte Platte für den Hausherrn zurechtgemacht und war dann mit seiner Erlaubnis nach Hause gegangen. Mr. Prendergast hatte ihr auseinandergesetzt, daß er länger arbeiten werde – ein Patient aus Australien wollte vor seiner Heimreise rasch die Zähne in Ordnung bringen lassen – sie brauche aber nicht auf ihn zu warten. Es stellte sich heraus, daß Mr. Prendergast sein Abendessen kaum angerührt hatte, da er es wohl eilig hatte, fortzukommen. Der erwähnte Patient war vermutlich die letzte Person gewesen, die Mr. Prendergast lebend gesehen hatte.

Als nächstes wurde das Anmeldebuch des Zahnarztes geprüft. Der Patient war dort eingetragen als «Mr. Williams 17.30», er wohnte in einem kleinen Hotel in Bloomsbury. Von dem Geschäftsführer des Hotels erfuhr man, daß Mr. Williams sich dort eine Woche aufgehalten habe. Er habe keine nähere Adresse angegeben, nur Adelaide, und erwähnt, daß er die Heimat zum erstenmal nach zwanzig Jahren wieder besucht und keine Freunde in London habe. Leider könne man nicht mit ihm sprechen. Am Vorabend gegen halb elf habe er durch einen Boten seine Rechnung bezahlen und sein Gepäck abholen lassen, ohne eine Adresse für das Nachschicken der Post zu hinterlassen. Es sei kein konzessionierter Bote gewesen, sondern ein Mann mit einem Schlapphut und einem schweren dunklen Mantel. Der Nachtportier habe sein Gesicht nicht deutlich sehen können, da nur eine Lampe in der Halle brannte. Der Mann habe zur Eile gedrängt, da Mr. Williams den Zug nach Dover am Waterloo-Bahnhof erreichen wollte.

Nachfragen am Fahrkartenschalter ergaben, daß Mr. Williams tatsächlich diesen Zug benutzt hatte, und zwar mit einer am gleichen Abend gelösten Fahrkarte nach Paris. Mr. Williams war also ins Blaue verschwunden, und selbst wenn sie ihn fanden, war es nicht sehr wahrscheinlich, daß er viel über Mr. Prendergasts Geistesverfassung unmittelbar vor dem Unglück aussagen konnte. Es schien zunächst ein wenig merkwürdig, daß ein in Bloomsbury wohnender Mr. Williams aus Adelaide nach Wimbledon fahren sollte, um seine Zähne behandeln zu lassen. Aber es gab eine einfache Erklärung dafür: der einsame Mr. Williams hatte Prendergast vielleicht in einem Restaurant getroffen und seine Zahnsorgen erwähnt, so war die Bekanntschaft zustande gekommen.
Danach schien es, als ob der Coroner nur noch das Urteil «Tod durch Unfall» zu fällen und die Witwe ihren Anspruch bei der Versicherungsgesellschaft einzureichen brauchte, als Dr. Maggs plötzlich die ganze Sache über den Haufen warf mit der Ankündigung, daß er Spuren einer Hyoszyamin-Injektion im Körper entdeckt habe. Woraufhin der Inspektor die Bemerkung machte, daß er nicht überrascht sei, denn wenn je ein Mann Grund zum Selbstmord gehabt habe, so sei es Mrs. Prendergasts Gatte gewesen. Er schlug eine gründliche Durchsuchung der versengten Lorbeerbüsche vor, die um die ehemalige Garage standen, während Lord Peter Wimsey prophezeite, daß die Spritze nicht gefunden werden würde.
Lord Peter befand sich jedoch im Irrtum. Die Spritze wurde am nächsten Tag gefunden und Spuren des Giftes darin entdeckt. «Ein langsam wirkendes Gift», bemerkte Dr. Maggs. «Zweifellos hat er die Spritze weggeworfen in der Hoffnung, daß niemand danach suchen würde. Ehe er das Bewußtsein verlor, ist er dann ins Auto geklettert und hat es in Brand gesetzt. Sehr ungeschickte Methode».
«Eine verdammt geistreiche Methode», bemerkte Wimsey. «Irgendwie glaube ich nicht so recht an diese Spritze.» Er rief seinen Zahnarzt an: «Lamplough, altes Haus, ich möchte dich um einen Gefallen bitten. Untersuche die Zähne doch noch einmal. Nein – nicht meine, Prendergasts.»
«Ei verflucht!» sagte Lamplough unbehaglich.
«Mir liegt sehr viel daran», versicherte ihm Seine Lordschaft.

Die Leiche war noch nicht begraben, und Mr. Lamplough fuhr abermals mit Wimsey nach Wimbledon, um sich von neuem dieser widerwärtigen Aufgabe zu unterziehen. Diesmal begann er auf der linken Seite.

«Links unten zweiter hinterer Backenzahn und zweiter vorderer Backenzahn mit Amalgam gefüllt. Im linken oberen Eckzahn plastische Porzellanfüllung auf der Vorderseite ...»

«Eine Sekunde», unterbrach ihn Wimsey. «In Maggs' Notizen steht ‹*gebrannte* Porzellanfüllung›. Ist das ein und dasselbe?»

«Nein. Ein anderer Prozeß. Nun, es mag auch eine gebrannte sein – schwierig zu erkennen. Ich halte sie jedoch für eine plastische.»

«Wollen mal im Buch nachsehen. Wenn Maggs doch nur die Daten hinzugefügt hätte! Wer weiß, wie weit wir zurückgreifen müssen.»

«Nicht sehr weit, wenn es sich um eine plastische handelt», erklärte Dr. Lamplough. «Das Verfahren kam erst 1928 auf. Von Amerika. War damals große Mode, hat aber hier keinen Anklang gefunden. Manche Zahnärzte wenden es jedoch an.»

«Oh, dann kann es keine plastische Füllung sein», meinte Wimsey. «Bis 1928 ist von Eckzähnen hier nicht die Rede. 27, 26, 25, 24, 23. Hier haben wir's. Eckzahn, und so weiter.»

«Das ist er», sagte Lamplough, der einen Blick über Wimseys Schulter warf. «Gebrannte Porzellanfüllung. Dann muß ich mich wohl geirrt haben. Es ist leicht festzustellen, wenn man die Füllung herausnimmt.»

«Dann nimm sie doch heraus.»

«Das läßt sich hier nicht gut machen.»

«Dann nimm die Leiche mit nach Hause. Verstehst du nicht, Lamplough, wie wichtig das ist? Wenn es eine plastische Füllung ist, kann sie nicht 1923 gemacht worden sein. Und wenn die gebrannte später ersetzt worden ist, muß es ein anderer Zahnarzt getan haben. Vielleicht hat er noch andere Arbeiten ausgeführt – und in dem Fall müßten sie zu sehen sein. Sie sind es aber nicht. Siehst du das nicht ein?»

«Ich sehe, daß du sehr erregt bist. Aber ich weigere mich, dieses Ding mit in mein Sprechzimmer zu nehmen. Leichen sind in Harley Street nicht sehr beliebt.»

Letzten Endes wurde die Leiche in die Zahnklinik des Städti-

schen Krankenhauses geschafft, wo Mr. Lamplough unter Beistand von einem Zahnexperten, Dr. Maggs und der Polizei die Füllung aus dem Eckzahn entfernte.
«Wenn das keine *plastische* Porzellanfüllung ist», rief er triumphierend, «ziehe ich alle meine Zähne ohne Betäubung und verschlinge sie. Was meinen Sie, Benton?»
Der Krankenhauszahnarzt gab ihm recht. Mr. Lamplough, der auf einmal lebhaftes Interesse für dieses Problem entwickelte, schob vorsichtig eine Sonde zwischen die oberen Backenzähne mit ihren angrenzenden Füllungen.
«Sehen Sie sich das einmal an, Benton. Würden Sie das nicht auch für eine neue Füllung halten? Hätte gestern gemacht sein können. Und hier – einen Augenblick, halten Sie mal den Unterkiefer. Geben Sie mir ein Stück Kohlepapier. Dieser Backenzahn müßte einen schauderhaften Biß hinterlassen. Die Füllung liegt bei weitem zu hoch. Wimsey, wann ist der erste hintere Backenzahn rechts unten gefüllt worden?»
«Vor zwei Jahren», erwiderte Wimsey.
«Unmöglich!» riefen die beiden Zahnärzte wie aus einem Munde, und Benton fügte hinzu:
«Wenn Sie den Schmutz abkratzen, werden Sie sehen, daß es eine neue Füllung ist. Hat niemals darauf gebissen, möchte ich behaupten. Eine merkwürdige Geschichte, Mr. Lamplough.»
«Das kann man wohl sagen. Gestern habe ich mir nichts dabei gedacht. Sehen Sie sich dieses alte Loch an der Seite an. Warum hat er das nicht füllen lassen, als alles andere gemacht wurde? Es ist ziemlich tief und muß ihm Schmerzen verursacht haben. Ich würde gern noch ein paar Füllungen herausnehmen. Haben Sie etwas dagegen, Inspektor?»
«Nur zu», sagte der Inspektor, «wir haben ja genug Zeugen.»
Während Benton den grausigen Patienten stützte, manipulierte Mr. Lamplough mit dem Bohrer, und im Nu war die Füllung eines hinteren Backenzahns heraus. «Mein Gott», sagte Lamplough.
«Versuchen Sie es mit den vorderen Backenzähnen», schlug Mr. Benton vor.
«Oder mit dem Siebener rechts unten», fiel sein Kollege ein.
«Langsam», protestierte der Inspektor, «verderben Sie mir das gute Stück nicht ganz und gar.»

Mr. Lamplough bohrte, ohne auf ihn zu achten. Wieder kam eine Füllung zum Vorschein, und Mr. Lamplough rief abermals: «Mein Gott!»

«Schon gut», meinte Wimsey grinsend, «Sie können den Haftbefehl ausstellen lassen, Inspektor!»

«Wie bitte, Mylord?»

«Mord», antwortete Wimsey.

«Wieso?» fragte der Inspektor. «Wollen Sie etwa sagen, daß Mr. Prendergast zu einem neuen Zahnarzt gegangen ist, der ihn vergiftet hat?»

«Nein», erklärte Mr. Lamplough, «nicht gerade vergiftet. Aber in meinem ganzen Leben habe ich noch keine solche Pfuscharbeit gesehen. An zwei Stellen hat der Mann nicht einmal die Karies entfernt, sondern einfach das Loch vergrößert und wieder gefüllt. Warum dieser Bursche nicht die fürchterlichsten Abszesse bekommen hat, ist mir ein Rätsel.»

«Vielleicht», meinte Wimsey, «sind die Füllungen noch zu neu. Hallo, was gibt's nun?»

«Ein Zahn, der in Ordnung ist. Keinerlei Fäulnis. Scheint überhaupt keine vorhanden gewesen zu sein. Aber das läßt sich schwer sagen.»

«Ich möchte wetten, daß da keine war. Inspektor, heraus mit dem Haftbefehl!»

«Wegen Mordes an Mr. Prendergast? Und gegen wen?»

«Nein. Gegen Arthur Prendergast wegen Mordes an einem gewissen Mr. Williams und gleichzeitig wegen Brandstiftung und versuchten Betrugs. Und auch gegen Mrs. Fielding wegen Mittäterschaft, obgleich Sie ihr das vielleicht nicht nachweisen können.»

Als man Mr. Prendergast in Rouen festnahm, stellte es sich heraus, daß er alles lange im voraus geplant hatte. Er brauchte nur auf einen Patienten zu warten, der seine Größe, Statur und gute Zähne besaß und keine Freunde hatte. Als der unglückliche Williams ihm in die Hände fiel, waren nur noch wenige Vorbereitungen nötig. Mrs. Prendergast mußte nach Worthing geschickt werden und das Mädchen seine Ferien antreten. Dann wurden ein paar technische Vorbereitungen getroffen und das Opfer nach Wimbledon zum Tee eingeladen. Dann erfolgte der

Mord – ein betäubender Schlag von hinten und die Injektion. Hinterher die langsame, gräßliche Arbeit, die Zähne des Opfers so herzurichten, daß sie Mr. Prendergasts eigenen glichen. Als nächstes wurden die Kleider gewechselt und die Leiche ins Auto getragen. Die Spritze wurde so versteckt, daß sie bei oberflächlicher Inspektion übersehen und doch gefunden werden konnte, falls das Vorhandensein von Gift entdeckt würde. Im ersteren Falle lautete das Urteil dann auf Unglücksfall und im zweiten auf Selbstmord. Nun wurde das Auto mit Benzin getränkt, die Benzinleitung beschädigt und etliche Kanister hingestellt. Fenster und Tür der Garage wurden offengelassen, um dem Ganzen einen glaubwürdigen Anstrich zu geben und Zugluft zu erzeugen; schließlich wurde der Wagen in Brand gesteckt. Dann Flucht zum Bahnhof durch die winterliche Dunkelheit und mit der Untergrundbahn nach London. Das Risiko, in der Bahn erkannt zu werden, war gering, da Prendergast Williams' Hut und Mantel trug und einen Schal um sein Kinn gewickelt hatte. Dann hieß es, Williams' Gepäck zu holen und den Zug nach Dover zu nehmen, um die reiche und verliebte Mrs. Fielding in Frankreich zu treffen. Danach hätten sie als Mr. und Mrs. Williams nach England zurückkehren können oder auch nicht, ganz nach Belieben.

«Ein gelehriger Student der Kriminologie», bemerkte Wimsey am Schluß dieses kleinen Abenteuers. «Er hat sich die Fehler seiner Vorgänger zunutze gemacht. Schade, daß ihm der Irrtum mit der plastischen Porzellanfüllung unterlaufen ist. Ging wohl schneller, nicht wahr, Lamplough? Eile mit Weile ist ein weiser Spruch. Was ich gern noch wissen möchte: zu welchem Zeitpunkt bei all diesen Vorgängen mag Williams tatsächlich gestorben sein?»

«Halt den Mund», gebot Mr. Lamplough. «Apropos, ich muß dir immer noch eine Füllung machen.»

Ganz woanders

Lord Peter Wimsey, Oberinspektor Parker vom C.I.D. und Inspektor Henley von der Baldocker Polizei saßen zusammen in der Bibliothek des Hauses «The Lilacs».
«Du siehst also», sagte Parker, «daß die Hauptverdächtigen zu der Zeit ganz woanders waren.»
«Was verstehst du darunter?» wollte Wimsey wissen. Er war in gereizter Stimmung, da Parker ihn ohne Frühstück hier nach Wapley geschleppt hatte. «Meinst du damit, daß sie den Mordschauplatz nicht erreichen konnten, ohne über hundertsechsundachtzigtausend Meilen pro Sekunde zu fahren? Wenn nicht, waren sie nicht ganz woanders, sondern nur relativ und scheinbar woanders.»
«Um Himmels willen, verschone uns mit deiner Wortklauberei. Jedenfalls waren sie nicht hier. Und nun, Insepektor, lassen wir sie am besten einzeln eintreten, damit ich mir ihre Aussagen noch einmal anhören kann. Zunächst den Butler.»
Der Inspektor steckte den Kopf zur Tür hinaus und rief: «Hamworthy!»
Der Butler war ein Mann mittleren Alters mit einem beachtenswerten Embonpoint. Sein breites Gesicht war blaß und gedunsen, und er sah angegriffen aus. Er legte jedoch ohne Zaudern los.
«Zwanzig Jahre habe ich in den Diensten des verstorbenen Mr. Grimbold gestanden, und er war für mich stets ein guter Gebieter, zwar streng, aber gerecht. Ich weiß, daß er als ein harter Geschäftsmann galt. Er war Junggeselle, aber er hat seine beiden Neffen, Mr. Harcourt und Mr. Neville, aufgezogen und war sehr gut zu ihnen. In seinem Privatleben würde ich ihn als freundlichen, rücksichtsvollen Mann bezeichnen. Sein Beruf? Nun ja, man könnte ihn wohl einen Geldverleiher nennen.
Die Vorgänge der letzten Nacht, Sir? Wie üblich verschloß ich das Haus um halb acht Uhr – Mr. Grimbold legte großen Wert auf Pünktlichkeit und Ordnung. Ich schloß alle Fenster im Erdgeschoß, die sämtlich diebessichere Schließhaken haben. Auch verriegelte ich die Haustür und legte die Kette vor.»
«Und die Tür zum Wintergarten?»
«Die hat ein Schnappschloß, Sir. Ich habe wohl darauf geachtet,

daß die Tür geschlossen war, aber nicht den Sicherheitshebel herabgedrückt. Das war Usus, Sir, für den Fall, daß Mr. Grimbold länger durch Geschäfte in der Stadt aufgehalten wurde. Dann konnte er herein, ohne jemanden zu stören.»

«Gestern abend hatte er doch keine Geschäfte in der Stadt, wie?»

«Nein, Sir, aber das Schloß blieb immer so. Ohne Schlüssel konnte niemand herein, und den trug Mr. Grimbold an seinem Bund.»

«Existiert kein zweiter Schlüssel?»

«Ich glaube, Sir . . .» der Butler hüstelte verlegen, «obgleich ich es nicht mit Sicherheit weiß, daß ein anderer im Besitz einer Dame ist, die augenblicklich in Paris weilt.»

«Aha. Mr. Grimbold war ungefähr sechzig Jahre alt, nicht wahr? Wie heißt diese Dame?»

«Mrs. Winter, Sir. Sie wohnt in Wapley, aber seit dem Tode ihres Gatten im letzten Monat hat sie, soweit ich unterrichtet bin, im Ausland gelebt.»

«Aha. Vielleicht notieren Sie das, Inspektor. – Und wie steht's mit den oberen Räumen und der Hintertür?»

«Die Fenster in den oberen Räumen waren ebenfalls verriegelt, außer in den Schlafzimmern von Mr. Grimbold, der Köchin und mir. Aber ohne Leiter konnte niemand einsteigen, und die Leiter ist im Schuppen verschlossen.»

«Das stimmt», mischte sich Inspektor Henley ein. «Wir haben das gestern abend nachgeprüft. Der Schuppen war verschlossen, und außerdem hingen Spinngewebe zwischen der Leiter und der Wand. Die Schlösser an Türen und Fenstern waren ebenfalls in Ordnung. Weiter, Hamworthy.»

«Ja, Sir. Während ich durchs Haus ging, kam Mr. Grimbold nach unten in die Bibliothek, um sein Glas Sherry zu trinken. Um Viertel vor acht wurde die Suppe aufgetragen, und ich rief Mr. Grimbold zum Essen. Er saß, wie immer, am Ende der Tafel, gegenüber der Durchreiche.»

«Mit dem Rücken zur Bibliothekstür», sagte Parker und machte ein Zeichen auf dem grob skizzierten Zimmerplan, der vor ihm lag. «War die Tür geschlossen?»

«Ja, Sir. Sämtliche Türen und Fenster waren geschlossen.»

«Anscheinend ein sehr zugiger Raum», bemerkte Wimsey.

«Zwei Türen und eine Durchreiche und zwei lange Glastüren zur Terrasse.»

«Jawohl, Mylord. Aber sie schließen alle sehr gut, und die Vorhänge waren zugezogen.»

Seine Lordschaft ging auf die Verbindungstür zu und öffnete sie.

«Ja», meinte er, «eine gute, schwere Tür, die sich unheimlich leise in den Angeln bewegt. Diese dicken Teppiche gefallen mir, nur das Muster ist ein bißchen laut.» Er schloß die Tür geräuschlos und kehrte an seinen Platz zurück.

«Mr. Grimbold brauchte gewöhnlich fünf Minuten, um seine Suppe zu essen. Als er fertig war, servierte ich den Fisch. Ich brauchte den Raum nicht zu verlassen, da alles durchgereicht wurde. Der Wein für den ersten Gang stand schon auf dem Tisch. Dieser Gang bestand nur aus einer kleinen Portion Steinbutt, und Mr. Grimbold war auch hiermit in etwa fünf Minuten fertig. Dann brachte ich den Fasanenbraten und wollte Mr. Grimbold gerade das Gemüse servieren, als das Telefon klingelte. Mr. Grimbold sagte: ‹Gehen Sie nur hin, ich bediene mich schon selbst.› Es war natürlich nicht Sache der Köchin, das Telefon abzunehmen.»

«Gibt es keine anderen Dienstboten?»

«Nur die Putzfrau, die tagsüber kommt, Sir. Ich ging also an den Apparat und machte die Tür hinter mir zu.»

«War es dieser Apparat oder der in der Diele?»

«Der in der Diele. Den benutze ich immer, außer ich bin gerade in der Bibliothek, wenn es klingelt. Der Anruf kam von Mr. Neville Grimbold aus London, Sir. Er und Mr. Harcourt bewohnen eine Etage in der Jermyn Street. Mr. Neville, dessen Stimme ich erkannte, sagte: ‹Sind Sie es, Hamworthy? Einen Augenblick. Mr. Harcourt möchte mit Ihnen sprechen.› Er legte den Hörer hin, und dann kam Mr. Harcourt. Er sagte: ‹Hamworthy, ich möchte heute abend hinüberkommen, um mit meinem Onkel zu sprechen, wenn er zu Hause ist.› Ich erwiderte: ‹Ja, Sir, ich will es ausrichten.› Die jungen Herren kamen oft für ein paar Nächte hierher, Sir, und wir halten ihre Zimmer stets bereit. Mr. Harcourt sagte, er werde sofort aufbrechen und gegen halb zehn hier sein. Während er sprach, hörte ich die große Standuhr in ihrer Wohnung acht schlagen. Unmittelbar darauf schlug unsere Uhr in der Diele, und dann hörte ich, wie das Amt sagte: ‹Drei Minuten.› Also muß der Anruf um drei Minuten vor acht gekommen sein, Sir.»

«Dann besteht also kein Zweifel hinsichtlich der Zeit. Wenigstens ein Trost. Was geschah dann, Hamworthy?»

«Mr. Harcourt verlangte weitere drei Minuten, weil Mr. Neville noch etwas zu sagen habe, und dann war Mr. Neville wieder am Apparat. Er teilte mir mit, daß er bald nach Schottland fahre, und bat mich, einen Anzug, Strümpfe und Hemden zu senden, die er hier zurückgelassen hatte. Der Anzug sollte zuerst in die Reinigungsanstalt geschickt werden, und da er mir noch mehr Instruktionen erteilte, verlangte er weitere drei Minuten. Das war also um 8.03, Sir. Und etwa eine Minute später, während er noch sprach, klingelte die Haustürglocke. Da ich nicht vom Telefon fortgehen konnte, mußte der Besucher warten, und um fünf Minuten nach acht ertönte die Glocke abermals. Ich wollte Mr. Neville gerade bitten, mich zu entschuldigen, als ich die Köchin zur Haustür gehen sah. Mr. Neville bat mich, die Instruktionen zu wiederholen, und dann unterbrach uns das Amt wieder. Also beendete er das Gespräch, und als ich mich umdrehte, sah ich, wie die Köchin gerade die Tür zur Bibliothek schloß. Ich ging ihr entgegen, und sie sagte zu mir: ‹Dieser Mr. Payne will wieder mal mit Mr. Grimbold sprechen. Ich habe ihn in die Bibliothek geführt, aber mir gefällt seine drohende Miene nicht.› Ich erwiderte: ‹Ich werde ihn mir schon vornehmen›, und die Köchin ging wieder in die Küche.»

«Einen Augenblick», warf Parker ein. «Wer ist Mr. Payne?»

«Einer von Mr. Grimbolds Klienten, Sir. Er wohnt etwa fünf Minuten von hier entfernt und hat schon öfters Scherereien gemacht. Ich glaube, er schuldet Mr. Grimbold Geld und wünschte einen Zahlungsaufschub.»

«Er wartet draußen in der Diele», fügte Henley hinzu.

«Ach?» sagte Wimsey. «Der unrasierte Bursche mit dem finsteren Gesicht, dem Eschenstock und dem blutbefleckten Rock?»

«Ganz richtig, Mylord», bestätigte der Butler und wandte sich wieder an Parker. «Nun, Sir, ich wollte gerade in die Bibliothek gehen, als mir plötzlich einfiel, daß ich noch nicht den Rotwein ins Eßzimmer gebracht hatte, und ich befürchtete, daß Mr.

Grimbold ärgerlich sein würde. Also holte ich den Wein aus der Anrichte, wo ich ihn zum Anwärmen vor das Feuer gestellt hatte. Es dauerte nicht länger als eine Minute, Sir, bis ich wieder im Eßzimmer war. Und dann, Sir ...», die Stimme des Butlers begann zu zittern, «dann sah ich, daß Mr. Grimbold vornüber auf den Tisch gefallen war, direkt über seinen Teller. Ich dachte, ihm sei schlecht geworden, und eilte auf ihn zu. Da entdeckte ich, daß er ... daß er tot war, Sir, mit einer schrecklichen Wunde im Rücken.»

«Keine Waffe zu sehen?»

«Ich habe keine bemerkt, Sir. Die Wunde hatte stark geblutet. Ich wurde fast ohnmächtig und war zunächst völlig ratlos. Dann stürzte ich an die Durchreiche und rief nach der Köchin. Sie kam sofort und stieß einen fürchterlichen Schrei aus, als sie unseren Herrn sah. Dann erinnerte ich mich an Mr. Payne und öffnete die Tür zur Bibliothek. Er erkundigte sich sogeich, wie lange er noch warten müsse. Ich erwiderte: ‹Etwas Entsetzliches ist geschehen! Mr. Grimbold ist ermordet worden!› Er drängte sich an mir vorbei ins Eßzimmer und fragte als erstes: ‹Sind die Glastüren offen?› Er zog den Vorhang der Glastür, die der Bibliothek am nächsten ist, zurück, und sie stand tatsächlich offen. ‹Auf diese Weise ist er entkommen›, rief er und wollte hinauseilen. Ich sagte: ‹Halt, bleiben Sie hier›, weil ich glaubte, er wolle entfliehen, und hielt ihn fest. Er schimpfte und fluchte, und dann sagte er: ‹Mein guter Mann, nehmen Sie Vernunft an. Der Kerl gewinnt ja einen zu großen Vorsprung. Man muß hinter ihm her!› Ich erwiderte: ‹Nicht ohne mich›, und er willigte ein. So gebot ich der Köchin, nichts anzurühren, sondern die Polizei anzurufen, holte meine Taschenlampe aus der Anrichte und ging mit Mr. Payne hinaus.»

«War Mr. Payne dabei, als Sie die Taschenlampe holten?»

«Ja, Sir. Wir haben dann den ganzen Garten durchsucht, aber wir konnten keine Fußspuren oder sonst einen Anhalt finden, weil der Weg, der um das Haus herum und dann zum Tor führt, asphaltiert ist. Auch entdeckten wir keine Waffe. Mr. Payne schlug dann vor, den Wagen zu nehmen und die Straßen abzusuchen, aber ich hielt es für zwecklos, da es nur eine Viertelmeile von unserem Tor bis zur Great North Road ist, und es war schon zuviel Zeit vergangen. Mr. Payne sah das ein, und wir kehrten ins Haus zurück. Dann erschien der Polizist aus Wapley und nach einer Weile der Inspektor hier und Dr. Crofts aus Baldoch. Sie untersuchten alles und stellten viele Fragen, die ich nach bestem Wissen beantwortete, und mehr kann ich Ihnen wirklich nicht sagen, Sir.»

«Haben Sie bemerkt», fragte Parker, «ob Mr. Payne Blutflekken am Anzug hatte?»

«Nein, Sir. Als ich ihn zuerst sah, stand er hier im hellen Licht, und ich hätte es bestimmt gesehen.»

«Könnte jemand von oben gekommen sein, während Sie bei Mr. Grimbold im Eßzimmer waren?»

«Das wäre durchaus möglich, Sir. Aber dann müßte der Betreffende vor halb acht ins Haus gelangt sein und sich irgendwo versteckt haben. Das ist natürlich nicht ausgeschlossen. Die Hintertreppe kann er nicht benutzt haben, denn er hätte an der Küche vorbeigehen müssen, wo der Flur mit Fliesen belegt ist und die Köchin ihn auf jeden Fall gehört hätte. Aber die Vordertreppe — ja, ich weiß gar nicht, was ich dazu sagen soll.»

«So wird es schon gewesen sein», meinte Parker. «Machen Sie sich nur keine Vorwürfe, Hamworthy. Man kann von Ihnen nicht erwarten, daß Sie jeden Abend alle Winkel und Ecken nach versteckten Verbrechern absuchen. Jetzt möchte ich mit den beiden Neffen sprechen. Sind sie gut mit ihrem Onkel ausgekommen?»

«Ja, sehr gut. Hatten nie Meinungsverschiedenheiten. Es war ein schwerer Schlag für sie, Sir. Sie waren ganz außer sich, als Mr. Grimbold im Sommer krank wurde . . .»

«Krank? Was fehlte ihm denn?»

«Herzgeschichten, Sir, im vergangenen Juli. Es ging ihm sehr schlecht, und wir mußten Mr. Neville kommen lassen. Aber danach hatte er sich wunderbar erholt, Sir, nur schien er seine gewohnte Heiterkeit eingebüßt zu haben. Vielleicht spürte er, daß er auch nicht mehr der jüngste war. Aber niemand hätte gedacht, daß er auf diese Weise umkommen würde.»

«Wem hat er sein Geld hinterlassen?» erkundigte sich Parker.

«Das weiß ich nicht, Sir. Vermutlich den beiden jungen Herren, obwohl sie selbst auch Vermögen besitzen. Aber darüber wird Ihnen Mr. Harcourt Auskunft geben können. Er ist der Testamentsvollstrecker.»

«Na schön, wir werden ihn fragen. Verstehen sich die Brüder gut?»
«O ja, Sir. Sie sind sich sehr zugetan. Mr. Neville würde alles für Mr. Harcourt tun – und Mr. Harcourt sicher auch für ihn. Sehr angenehme Herren, Sir. Könnten nicht netter sein.»
«Danke, Hamworthy. Das wäre im Augenblick alles. Oder hat sonst noch jemand etwas zu fragen?»
«Wieviel hat Mr. Grimbold von dem Fasan gegessen, Hamworthy?»
«Wenig, Mylord. Nach der Portion zu urteilen, die ich ihm aufgegeben habe, hat er vielleicht drei oder vier Minuten gebraucht.»
«Und nichts deutete darauf hin, daß er zum Beispiel von jemandem an der Glastür unterbrochen wurde, daß er vielleicht aufstehen mußte, um diese Person hereinzulassen?»
«Nichts, Mylord, soviel ich sehen konnte.»
«Der Stuhl war dicht an den Tisch geschoben, als ich ihn fand», warf der Inspektor ein. «Seine Serviette lag auf seinen Knien, und Messer und Gabel lagen ihm unter den Händen, als hätte er sie fallen lassen, als der Stoß kam. Wie man mir sagte, war die Leiche nicht angerührt worden.»
«Nein, Sir, ich habe sie nicht bewegt – nur, um festzustellen, ob er tot war. Obgleich ich eigentlich nicht zweifeln konnte, als ich die schreckliche Wunde im Rücken sah. Ich habe nur den Kopf gehoben und wieder fallen lassen. Auf dieselbe Stelle, Sir.»
«Na schön, Hamworthy. Rufen Sie bitte Mr. Harcourt herein.»
Mr. Harcourt Grimbold war ein energischer Mann von etwa fünfunddreißig Jahren. Er erklärte, daß er Börsenmakler und sein Bruder Beamter im Gesundheitsministerium sei. Seit ihrem elften, beziehungsweise zehnten Lebensjahr seien sie von ihrem Onkel großgezogen worden. Ihm sei bekannt, daß sein Onkel viele Geschäftsfeinde hatte, aber er selbst habe nur Güte von ihm erfahren.
«Ich fürchte, ich kann Ihnen nicht viel über diesen schrecklichen Vorfall sagen, da ich gestern abend erst um Viertel vor zehn hier ankam, und da war natürlich schon alles vorbei.»
«Das war etwas später, als Sie einzutreffen hofften, nicht wahr?»
«Ja, ein wenig. Mein Rücklicht ging unterwegs aus, und ich

wurde von einem Polizisten angehalten. Ich fuhr dann in eine Garage in Welwyn, wo man den Schaden reparierte, was natürlich einen Aufenthalt bedeutete.»

«Es sind ungefähr vierzig Meilen von hier nach London, ja?»

«Etwas mehr. Gewöhnlich rechne ich um diese Abendzeit eine Stunde und fünfzehn Minuten von Tür zu Tür. Ich bin kein Kilometerfresser.»

«Haben Sie den Wagen selbst gefahren?»

«Ja. Ich habe zwar einen Chauffeur, nehme ihn aber nicht immer mit.»

«Wann sind Sie von London abgefahren?»

«Gegen zwanzig nach acht, denke ich. Neville hat mir den Wagen aus der Garage geholt, während ich meine Zahnbürste und dergleichen einpackte.»

«Vor Ihrer Abfahrt wußten Sie also nichts von dem Tode Ihres Onkels?»

«Nein. Man hat erst nach meinem Aufbruch daran gedacht, bei mir anzurufen. Die Polizei versuchte später, Neville zu erreichen, aber er war in seinen Klub gegangen. Ich habe ihn dann von hier aus selbst angerufen, und er ist heute morgen gekommen.»

«Mr. Grimbold, können Sie uns etwas über die Angelegenheiten Ihres verstorbenen Onkels berichten?»

«Sie meinen wohl sein Testament. Die Erben sind ich, Neville und Mrs. Winter. Haben Sie schon von ihr gehört?»

«Etwas, ja.»

«Und dann bekommt der alte Hamworthy natürlich ein hübsches kleines Nestei, und die Köchin wird bedacht. Ferner erhält der Prokurist meines Onkels ein Vermächtnis von fünfhundert Pfund. Aber der Hauptbetrag fällt an uns und Mrs. Winter. Aber wieviel es ist, davon habe ich nicht die leiseste Ahnung. Ich weiß nur, daß es sich um eine ziemlich beträchtliche Summe handelt. Der alte Herr hat keiner Menschenseele verraten, wieviel er wert war, und wir haben uns nie darum gekümmert. Ich habe ein ziemlich gutes Einkommen, und Nevilles Gehalt stellt eine schwere Last für das langmütige Publikum dar. Daher hatten wir nur ein mildes akademisches Interesse an dieser Frage.»

«Hat Hamworthy wohl gewußt, daß er ein Legat erhalten sollte?»

«Oh, ja. Das war kein Geheimnis. Er sollte lebenslang jährlich zweihundert Pfund bekommen, vorausgesetzt, daß er beim Tode meines Onkels noch in dessen Diensten stand.»
«Und er war nicht gekündigt, oder?»
«N-nein. Nein. Nicht anders als gewöhnlich. Mein Onkel kündigte nämlich allen ungefähr einmal im Monat, um das Beste aus ihnen herauszuholen. Aber es blieb nur bei der Drohung.»
«Aha. Darüber müssen wir noch mal mit Hamworthy sprechen. Nun zu dieser Mrs. Winter. Was wissen Sie über sie?»
«Sie ist eine nette Frau. Seit ... zig Jahren die Freundin meines Onkels. Aber ihr Mann hat praktisch seinen Verstand versoffen. Man kann es ihr daher nicht übelnehmen. Ich habe ihr heute morgen telegrafiert, und soeben ist ihre Antwort eingetroffen.»
Er reichte Parker ein aus Paris abgeschicktes Telegramm folgenden Wortlauts: «Äußerst betroffen und betrübt. Kehre sofort zurück. In tiefer Teilnahme, Lucy.»
«Sie stehen demnach in einem freundschaftlichen Verhältnis zu ihr?»
«Mein Gott, ja. Warum nicht? Sie hat uns immer sehr leid getan. Onkel William wäre am liebsten mit ihr woanders hingefahren, aber sie wollte Winter nicht verlassen. Jetzt, wo Winter endlich ins Gras gebissen hat, wollten sie eigentlich heiraten. Sie ist erst etwa achtunddreißig, und es ist Zeit, daß sie endlich etwas von ihrem Leben hat, die Ärmste.»
«Abgesehen von dem Geld, hatte sie also eigentlich nicht viel durch den Tod Ihres Onkels zu gewinnen, wie?»
«Gar nichts. Es sei denn, sie wollte einen jüngeren Mann heiraten und befürchtete, den Betrag zu verlieren. Aber ich glaube, sie war dem alten Knaben ehrlich zugetan. Jedenfalls kann sie ihn nicht ermordet haben, da sie in Paris ist.»
«Hm», sagte Parker. «Das nehmen wir an. Aber wir vergewissern uns am besten. Ich werde beim Yard anrufen und in den Häfen nach ihr Ausschau halten lassen. Bekomme ich das Amt direkt über diesen Apparat? Oder muß ich mich in der Diele verbinden lassen?»
«Nein», erwiderte der Inspektor, «Sie können auch von hier aus anrufen. Es sind Parallelanschlüsse.»
«Na schön, Mr. Grimbold, im Augenblick brauchen wir Sie

nicht weiter zu bemühen. Ich will jetzt telefonieren, und dann kann der nächste Zeuge erscheinen. Die Zeit von Mr. Harcourts Anruf aus London haben Sie ja wohl nachgeprüft, Inspektor.»
«Jawohl, Mr. Parker. Das Gespräch wurde um 19.57 angemeldet und um 20 Uhr und 20.03 erneuert. Eine ziemlich teure Angelegenheit. Wir haben auch mit dem Schutzmann und der Garage wegen der Reparatur gesprochen. Er kam um 21.05 nach Welwyn und fuhr gegen 21.15 wieder weiter. Die Nummer des Wagens stimmt.»
Sobald Parker sein Telefongespräch mit Scotland Yard beendet hatte, ließ er Neville Grimbold kommen, der seinem Bruder sehr ähnlich sah. Er war nur etwas schlanker und wortgewandter, wie sich das für einen Beamten geziemt. Er hatte der Aussage seines Bruders nichts hinzuzufügen und erwähnte nur, daß er von 20.20 bis gegen 22 Uhr im Kino und anschließend in seinem Klub war, so daß er erst später am Abend von der Tragödie hörte.
Als nächste Zeugin erschien die Köchin, die mit vielen Worten sehr wenig sagte. Zwar hatte sie zufällig nicht gesehen, wie Hamworthy den Rotwein aus der Anrichte holte, sonst aber bestätigte sie seine Aussage. Verächtlich wies sie die Idee zurück, daß sich jemand im oberen Stock hätte verstecken können, weil die Stundenfrau, Mrs. Crabbe, fast bis zum Abendessen im Hause gewesen war, um Kampferbeutel in alle Schränke zu hängen. Überhaupt hegte sie keinen Zweifel daran, daß «dieser Payne eine ekelhafte, mordende Bestie» sei und Mr. Grimbold erstochen habe. Danach blieb nur noch das Interview mit dem mörderischen Mr. Payne.
Mr. Payne war von einer fast aggressiven Offenheit. Er war von Mr. Grimbold sehr hart behandelt worden. Mit Wucherzinsen und Zinseszinsen hatte er bereits den fünffachen Betrag des ursprünglichen Darlehens bezahlt, und jetzt hatte Mr. Grimbold ihm einen weiteren Zahlungsaufschub verweigert und seine Absicht angekündigt, die Sicherheit – Mr. Paynes Haus und Land – für verfallen zu erklären. Dies war um so brutaler, als die Aussicht bestand, daß Mr. Payne die ganze Schuld in sechs Monaten abtragen konnte. Seiner Ansicht nach hatte der alte Grimbold so gehandelt, um die Rückzahlung zu verhindern, weil er den Besitz an sich reißen wollte. Grimbolds

Tod hatte die Situation gerettet, weil die Bezahlung der Schuld nun bis zu dem genannten Zeitpunkt aufgeschoben wurde. Mit Vergnügen hätte Mr. Payne den alten Grimbold ermordet, aber dennoch war er nicht der Täter. Außerdem war er nicht der Mann, einen anderen von hinten zu erstechen. Wäre der Geldverleiher jünger gewesen, so hätte er, Payne, ihm alle Knochen im Leibe zerschlagen. So war es, mochten sie es glauben oder nicht. Wenn Hamworthy, dieser alte Dummkopf, ihm nicht in die Quere gekommen wäre, hätte er den Mörder geschnappt. Wenn Hamworthy überhaupt ein Dummkopf war, was er sehr bezweifelte. Blut? Jawohl, er hatte Blut am Rock. Das kam daher, weil Hamworthy ihn an der Glastür festgehalten hatte. Hamworthys Hände waren voller Blut, als er in der Bibliothek erschien. Zweifellos von der Leiche. Er, Payne, hatte seinen Anzug nicht gewechselt, weil sonst jemand auf den Gedanken kommen könnte, er habe etwas zu verbergen, und im übrigen war er seit dem Mord noch nicht wieder zu Hause gewesen. Außerdem wollte er Einspruch erheben gegen die unverhüllte Feindseligkeit, mit der die örtlichen Polizeibeamten ihn behandelt hatten, worauf Inspektor Henley erwiderte, daß Mr. Payne völlig im Irrtum sei.

«Mr. Payne», fiel Lord Peter ein, «sagen Sie mir doch bitte eins. Als Sie den Klamauk im Eßzimmer hörten, warum sind Sie da nicht sofort hineingegangen, um die Ursache festzustellen?»

«Warum?» entgegnete Mr. Payne. «Weil ich überhaupt nichts davon gehört habe. Deswegen. Erst als dieser Butler schnatternd und händeringend in der Tür stand, erfuhr ich davon.»

«Aha!» meinte Wimsey. «Ich habe mir schon gedacht, daß es eine gute, solide Tür sei. Sollen wir die Frau vielleicht mal bitten, für uns im Eßzimmer zu schreien, und zwar bei offener Glastür?»

Der Inspektor führte diesen Auftrag aus, während die übrigen gespannt auf die Schreie warteten. Es geschah jedoch nichts, bis Henley seinen Kopf fragend zur Tür hereinsteckte.

«Nichts gehört», sagte Parker.

«Ein gut gebautes Haus», bemerkte Wimsey. «Jeder Ton, der durch die Glastür dringt, wird durch den Wintergarten gedämpft. Na, Mr. Payne, wenn Sie die Schreie nicht hörten, ist es nicht überraschend, daß Sie den Mörder nicht gehört haben.

Sind dies alle deine Zeugen, Charles? Ich muß nämlich nach London zurück und verlasse dich mit meinem Segen und zwei Vorschlägen. Nummer eins: suche nach einem Wagen, der gestern abend zwischen 19.30 und 20.15 innerhalb eines Umkreises von einer Viertelmeile geparkt hat. Nummer zwei: versammle alle Beteiligten heute abend im Eßzimmer und beobachtet die Glastüren. Ich werde dich gegen acht anrufen. Übrigens, kannst du mir den Schlüssel zum Wintergarten leihen, Charles? Ich habe da eine gewisse Theorie.»
Der Oberinspektor überreichte ihm den Schlüssel, und Seine Lordschaft zog von dannen.

Die im Eßzimmer versammelte Gesellschaft war nicht gerade in geselliger Stimmung. Nur die Polizeibeamten plauderten miteinander und tauschten Anglererinnerungen aus, während Mr. Payne eine finstere Miene aufsetzte, die beiden Grimbolds eine Zigarette nach der anderen rauchten und die Köchin und der Butler nervös auf dem äußersten Rand ihres Stuhles hockten. Endlich läutete das Telefon.
Parker blickte auf seine Uhr, als er sich erhob. «Drei Minuten vor acht», bemerkte er und sah, wie der Butler seine zuckenden Lippen mit dem Taschentuch abwischte. «Richten Sie den Blick auf die Glastüren.» Damit trat er in die Diele.
«Hallo!» rief er in den Apparat.
«Ist Oberinspektor Parker dort?» fragte eine ihm wohlbekannte Stimme. «Hier spricht Lord Peter Wimseys Diener aus der Wohnung Seiner Lordschaft in London. Wollen Sie bitte am Apparat bleiben? Seine Lordschaft wünscht mit Ihnen zu sprechen.»
Parker hörte, wie der Hörer hingelegt und dann wieder aufgenommen wurde. Dann ließ sich Wimseys Stimme vernehmen: «Hallo, alter Junge, hast du den Wagen schon gefunden?»
«Wir haben von einem Wagen gehört», erwiderte der Oberinspektor vorsichtig, «der bei einem Gasthaus auf der Great North Road stand, ungefähr fünf Minuten von hier.»
«Lautete die Nummer ABJ 28?»
«Ja. Woher weißt du das denn?»
«Reine Vermutung. Dieser Wagen wurde gestern nachmittag um fünf Uhr von einer Londoner Garage gemietet und kurz

vor zehn Uhr zurückgebracht. Seid ihr Mrs. Winter auf die Spur gekommen?»

«Ja. Sie kam heute abend mit dem Boot von Calais. Sie ist also offenbar O.K.»

«Das habe ich mir auch gedacht. Nun höre gut zu. Weißt du schon, daß Harcourt Grimbold sich in einer mißlichen Geschäftslage befindet? Im letzten Juli kam es beinahe zu einer Krise, aber irgend jemand ist eingesprungen – möglicherweise der gute Onkel. Meinst du nicht auch? Alles ziemlich faul, wie ich von meinem Berichterstatter höre. Und man hat mir im tiefsten Vertrauen verraten, daß er wieder einen neuen Schlag erlitten hat. Aber auf Grund von Onkels Testament wird es ihm nicht schwerfallen, einen Kredit aufzunehmen. Doch könnte ich mir vorstellen, daß die Geschichte im Juli Onkel William einen ziemlichen Schreck eingejagt hat. Ich nehme an ...»

Er wurde durch ein kurzes, wohltönendes Glockenspiel unterbrochen, dem acht silbrige Schläge folgten.

«Hörst du das? Erkennst du es wieder? Das ist die große französische Uhr in meinem Wohnzimmer ... Was? Aha, Amt, bitte noch einmal drei Minuten. – Bunter möchte noch mal mit dir sprechen.»

Der Hörer klapperte, und die verbindliche Stimme des Dieners meldete sich wieder.

«Seine Lordschaft läßt Sie bitten, Sir, das Gespräch sofort abzubrechen und direkt ins Eßzimmer zu gehen.»

Parker gehorchte. Als er den Raum betrat, hatte er zunächst den Eindruck, daß die sechs Menschen noch genauso dasaßen, wie er sie verlassen hatte: in einem erwartungsvollen Halbkreis, die Augen auf die Glastüren gerichtet. Dann öffnete sich die Tür zur Bibliothek geräuschlos, und Lord Peter Wimsey spazierte ins Zimmer.

«Großer Gott!» entfuhr es Parker. «Wie bist du denn hierhergekommen?» Die sechs Köpfe flogen herum.

«Auf dem Rücken der Lichtwellen», erwiderte Wimsey und strich sich das Haar zurück. «Ich bin achtzig Meilen gereist, um bei dir zu sein, bei einer Geschwindigkeit von hundertsechsundachtzigtausend Meilen pro Sekunde.»

«Es war eigentlich ganz klar», meinte Wimsey, nachdem sie Harcourt Grimbold (der sich verzweifelt wehrte) und seinen Bruder Neville (der zusammenbrach und mit Brandy wieder belebt werden mußte) gefesselt hatten. «Es mußten diese beiden sein; sie waren so ausgesprochen woanders – fast wirklich woanders. Der Mord konnte nur zwischen 19.57 und 20.06 begangen worden sein, und es mußte ein Grund existieren für dieses ausgedehnte Telefongespräch, das sich auf Dinge bezog, die Harcourt sehr gut hätte regeln können, wenn er kam. Und der Mörder mußte vor 19.57 in der Bibliothek sein. Sonst wäre er in der Diele gesehen worden; es sei denn, Grimbold hätte ihn durch die Glastür hereingelassen.

Die Sache ist so vor sich gegangen. Harcourt brach gegen sechs Uhr abends in einem gemieteten Wagen von London auf und parkte ihn unter irgendeinem Vorwand bei dem Gasthaus an der Straße. Er war dort wohl nicht bekannt, wie?»

«Nein, es ist ein ganz neues Haus, wurde erst im letzten Monat eröffnet.»

«Aha! Dann ging er die letzte Viertelmeile zu Fuß und kam hier um 19.45 an. Es war dunkel, und er trug wahrscheinlich Gummischuhe, um auf dem Weg kein Geräusch zu machen. Dann hat er sich mit einem Nachschlüssel Zugang zum Wintergarten verschafft.» – «Wie hat er den bekommen?»

«Im vergangenen Juli, als sein Onkel krank war, hat er ihm den Schlüssel vom Ring geklaut. Der Schreck über die Nachricht, daß der teure Neffe in Nöten saß, hat wahrscheinlich die Krankheit heraufbeschworen. Harcourt weilte damals hier – wie Sie sich erinnern, brauchte man nur Neville herzurufen. Ich vermute, daß Onkel William nur unter gewissen Bedingungen mit dem Geld herausrückte. Es erscheint zweifelhaft, ob er es noch einmal getan hätte, besonders da er daran dachte, sich zu verheiraten. Außerdem hat Harcourt wohl befürchtet, daß Onkel nach der Trauung das Testament ändern könne. Vielleicht gründete er sogar eine Familie, und was sollte der arme Harcourt dann anfangen? Von jedem Standpunkt aus war es besser, wenn der Liebe Onkel das Zeitliche segnete. Also wurde der Nachschlüssel angefertigt und der Plan ausgeheckt. Bruder Neville wurde eingeweiht und mußte helfen. Ich neige zu der Ansicht, daß Harcourt noch mehr auf dem Kerbholz haben muß als einen Geldverlust, und Neville steckt vielleicht auch in Schwierigkeiten. Aber wo war ich stehengeblieben?»

«Wie er in den Wintergarten kam.»

«Ach ja — so bin ich heute abend auch hereingekommen. Er hielt sich im Schutz des Gartens auf und wußte, wann Onkel William ins Eßzimmer gehen würde; denn er sah ja das Licht in der Bibliothek ausgehen. Ihm waren die Gewohnheiten bekannt. Er kam im Dunkeln herein und schloß die äußere Tür hinter sich ab. Dann wartete er beim Telefon in der Bibliothek, bis Nevilles Anruf aus London kam. Sobald es aufhörte zu läuten, hob er den Hörer von der Gabel. Nachdem Neville seinen Vers heruntergeleiert hatte, setzte Harcourt das Gespräch fort. Niemand konnte ihn durch diese schalldichten Türen hören, und Hamworthy konnte nicht merken, daß Harcourts Stimme nicht aus London kam. Infolge des Parallelanschlusses kam sie ja auch über das Amt. Um acht Uhr schlug die Standuhr in der Jermyn Street — ein weiterer Beweis, daß die Londoner Leitung offen war. Sobald Harcourt das hörte, forderte er Neville auf, noch einmal zu sprechen. Während Neville den Butler mit seinen blödsinnigen Instruktionen aufhielt, schlich sich Harcourt ins Eßzimmer, erstach seinen Onkel und verschwand durch die Glastür. Er hatte reichlich fünf Minuten, um wieder zu seinem Auto zu gelangen. Hamworthy und Payne gaben ihm durch ihren gegenseitigen Verdacht einen noch größeren Vorsprung.»

«Warum ist er nicht wieder durch die Bibliothek und den Wintergarten verschwunden?»

«Er hoffte, daß alle annehmen würden, der Mörder sei durch die Glastür hereingekommen. Inzwischen fuhr Neville in Harcourts Wagen um 20.20 aus London ab und lenkte unterwegs sorgfältig die Aufmerksamkeit eines Polizisten und eines Mechanikers auf die Wagennummer. An einer verabredeten Stelle außerhalb Welwyns traf er Harcourt und instruierte ihn wegen des Rücklichts. Dann wechselten sie die Wagen. Neville fuhr mit dem gemieteten Wagen nach London, und Harcourt kehrte mit seinem eigenen Wagen hierher zurück. Aber ich fürchte, es wird einige Schwierigkeiten bereiten, die Waffe, den Nachschlüssel und Harcourts blutbefleckten Mantel und Handschuhe zu finden. Neville hat sie wahrscheinlich mit nach London genommen, und durch London fließt ein schöner, tiefer Fluß.»

Spottbillig

Mr. Montague Egg wurde durch das häßliche Geräusch im Nebenzimmer aus seinem Schönheitsschlaf aufgeschreckt.
Eine Reihe anschwellender Töne, die in einem langen, erstikkenden Gurgeln endeten.
Der «Greif», in Cuttlesbury war ein altmodisches und schlechtgeführtes Hotel. Weder Mr. Egg noch seine Kollegen hätten auch nur im Traum daran gedacht, hier abzusteigen, wenn der «Grüne Mann» nicht durch ein verheerendes Feuer vorübergehend außer Betrieb gesetzt worden wäre. Und so kam es, daß Mr. Egg nach einem schlechtgekochten und unverdaulichen Abendessen in diesem muffigen, staubigen Hotelzimmer lag, das weder elektrische Beleuchtung noch eine Kerze auf dem Nachttisch aufzuweisen hatte – so erbärmlich war die Bedienung.
Während Mr. Egg allmählich zum vollen Bewußtsein zurückkehrte, versuchte er sich die Situation zu vergegenwärtigen. Wie er wußte, lagen an diesem isolierten Korridor nur drei Zimmer; sein eigenes in der Mitte; Nr. 8 zu seiner Linken beherbergte den alten Waters von der Limonaden- und Zuckerwarenfabrik Brotherhood Ltd.; Nr. 10 zur Rechten bewohnte ein untersetzter Mann namens Pringle, der in Schmucksachen reiste und sich am Abend zur Bewunderung aller Zuschauer mit einer zweifelhaften Makrele und mit halbgarem Schweinefleisch vollgestopft hatte. Dicht hinter dem Kopfende von Montys Bett ließ das volltönende, rhythmische Schnarchen des alten Waters die dünne Zwischenwand vibrieren, als führe ein Lastauto am Hause vorbei. Also mußte es Pringle sein, der diese Geräusche produzierte, und Makrelen und Schweinefleisch waren höchstwahrscheinlich die Ursache.
Das Gebrüll hatte aufgehört; jetzt waren nur noch ein paar schwache Grunzer vernehmbar. Er kannte Pringle nicht, und der Mann war ihm nicht sonderlich sympathisch. Aber vielleicht war er wirklich krank. Da mußte man schon anstandshalber einmal nachsehen.
Widerstrebend schwang Monty seine Beine über den Bettrand und schob seine Füße in die Pantoffeln. Ohne erst lange nach Streichhölzern zu suchen und die Gaslampe mit dem zerbroche-

nen Glühstrumpf am anderen Ende des Zimmers anzustecken, tastete er sich im Dunkeln zur Tür und trat in den Korridor. Dort brannte eine trübe Gaslampe, die ein irreführendes Gemisch von Licht und Schatten auf die beiden knarrenden Stufen warf, die zum Hauptkorridor führten.

In Nr. 8 schnarchte der alte Waters ungestört weiter. Monty wandte sich nach rechts und klopfte an die Tür von Nr. 10.

«Wer ist da?» fragte eine erstickte Stimme.

«Ich — Egg», erwiderte Monty und drehte den Türknopf, aber die Tür war verschlossen. «Geht es Ihnen nicht gut? Ich hörte Sie stöhnen.»

«Tut mir leid.» Das Bett knarrte, als ob sich der Sprecher aufrichtete. «Habe schlecht geträumt. Verzeihung, daß ich Sie gestört habe.»

«Macht nichts», sagte Mr. Egg, erfreut, seine Diagnose bestätigt zu finden. «Kann ich wirklich nichts für Sie tun?»

«Nein, danke, alles in Ordnung.» Mr. Pringle schien den Kopf wieder in den Decken vergraben zu haben.

«Dann gute Nacht.»

Mr. Egg schlüpfte zu seinem Zimmer zurück. Das Schnarchen in Nr. 8 nahm an Heftigkeit zu und endete plötzlich, als er seine Tür wieder abschloß, mit einem wilden Laut. Dann herrschte Ruhe. Monty hätte gern gewußt, wie spät es war. Während er in seinen Manteltaschen nach Streichhölzern suchte, schlug eine Uhr mit einem wohlklingenden, vibrierenden, milden Ton, der aus einer ziemlichen Entfernung zu kommen schien. Er zählte zwölf Schläge. Im Hotel rührte sich nichts. Unten auf der Straße fuhr ein Auto vorbei. Das Schnarchen in Nr. 8 begann von neuem.

Mr. Egg legte sich auf seine unbequeme Matratze und versuchte wieder einzuschlafen. Er verabscheute es, aus seinem ersten, tiefen, köstlichen Schlaf gerissen zu werden. Dieser vermaledeite Waters! Während er schlaftrunken auf das Schnarchen lauschte, begann er allmählich einzuschlummern.

Klick! Eine Tür im Korridor hatte sich geöffnet. Dann kamen schleichende Schritte, unterbrochen von einem Knarren und einem Stolpern. Jemand war auf den beiden schlechtbeleuchteten Stufen gestrauchelt. Mit einer gewissen grimmigen Befriedigung kam Monty zu dem Schluß, daß die Makrelen und das

Schweinefleisch Mr. Pringle letzten Endes doch von seiner Lagerstätte getrieben hätten.

Und dann versank Monty ganz plötzlich in tiefen Schlaf.

Um sechs Uhr erwachte er von einem Klappern im Korridor und einem Hämmern an der Tür von Nr. 8. Zum Teufel mit Waters, der mal wieder einen frühen Zug erreichen mußte. Er hörte das Zimmermädchen nebenan kichern. Der alte Waters hatte es faustdick hinter den Ohren, aber Mr. Egg wünschte, er würde seine Galanterien für eine passendere Zeit aufsparen. Tapp, tapp, an der Tür vorbei; Knarren, Stolpern, Fluchen — Waters auf dem Wege zum Badezimmer. Himmlische Ruhepause! Stolpern, Knarren, Fluchen, tapp, tapp, bums — Waters kehrt aus dem Bad zurück und knallt die Tür zu. Päng, Rascheln, plumps — Waters zieht sich an und schnallt die Koffer zu. Tapp, tapp, Knarren, Stolpern, Fluchen — Gott sei Dank! Waters war fort!

Monty streckte die Hand nach seiner Uhr aus, die in dem trüben, durch die schmutzigen Vorhänge sickernden Morgenlicht kaum zu erkennen war. Zwei Minuten vor sieben — noch eine gute halbe Stunde, bis er aufstehen mußte. Bald darauf schlug die Rathausuhr die volle Stunde, und gleich danach ertönten die musikalischen, vibrierenden Klänge der fernen Uhr im Hause. Dann herrschte Ruhe, und Mr. Egg schlief wieder ein.

Um zwanzig Minuten nach sieben hallte ein durchdringendes, anhaltendes Geschrei durch den Korridor.

Monty sprang aus dem Bett. Diesmal schien wirklich etwas passiert zu sein. Er warf hastig seinen Schlafrock über und rannte hinaus. Drei oder vier Leute kamen eilig vom Hauptkorridor her die Stufen hinab.

Das Zimmermädchen stand an der Tür von Nr. 10. Sie hatte ihre Kanne fallen lassen, und das heiße Wasser ergoß sich über den Läufer. Sie war grün im Gesicht, und ihr angeschmutztes Häubchen war verrutscht. Immer noch schrie sie mit der schrillen, mechanischen Regelmäßigkeit, die einen heftigen hysterischen Anfall kennzeichnet.

Drinnen auf dem Bett ausgestreckt lag der korpulente Mr. Pringle. Sein Gesicht war geschwollen, und an seinem Hals zeigten sich häßliche lila Flecke. Blut war ihm aus Mund und Nase geströmt und hatte die Kissen gefärbt. Seine Kleider lagen unordentlich auf einem Stuhl; sein Koffer stand geöffnet am Boden; seine falschen Zähne grinsten aus dem Wasserglas auf dem Waschtisch. Aber sein Musterkoffer mit den Schmucksachen war nirgends zu sehen. Mr. Pringle lag beraubt und ermordet da.

Mr. Egg machte sich schreckliche Vorwürfe, als es ihm dämmerte, daß er tatsächlich gehört haben mußte, wie der Mord begangen wurde – er mußte sogar mit dem Mörder gesprochen haben. Alles dieses setzte er Inspektor Monk auseinander.

«Ich weiß nicht, ob es Mr. Pringles Stimme war, da ich kaum mit ihm geredet hatte. Er saß beim Essen nicht an meinem Tisch, und später haben wir nur ein paar Worte in der Bar gewechselt. Die Stimme klang gedämpft – es konnte durchaus die Stimme eines Mannes sein, der soeben aufgewacht war und ohne Zähne halb unter der Decke nuschelte. Ich glaube nicht, daß ich die Stimme wieder erkennen würde.»

«Das ist nur natürlich, Mr. Egg; machen Sie sich deswegen keine Gedanken. Und diesen Waters, der mit dem Frühzug abfuhr, haben Sie also die ganze Zeit schnarchen hören?»

«Ja – vorher und nachher. Ich kenne ihn. Ein angesehener Mann.»

«Gut. Wir werden uns natürlich mit ihm in Verbindung setzen müssen, aber wenn er dauernd geschlafen hat, wird er uns wenig sagen können. Wir können ja wohl annehmen, daß die Person, mit der Sie durch die Tür gesprochen haben, tatsächlich der Mörder war. Und Sie sagen, Sie können die Zeit fixieren?»

Monty beschrieb noch einmal, wie er die Uhr hatte schlagen hören, und fügte hinzu: «Ich kann natürlich selbst nicht mit einem Alibi aufwarten, aber meine Firma, Plummet & Rose, Weine und Spirituosen, Piccadilly, kann Ihnen Auskunft über meinen Charakter geben.»

«Das wird sich alles finden, Mr. Egg. Keine Sorge», sagte Inspektor Monk unerschütterlich. «Habe ich übrigens Ihren Namen schon mal gehört? Sind Sie je meinem Freund Ramage begegnet?»

«Inspektor Ramage aus Ditchley? Ja, natürlich. Wir lösten da einen kleinen Fall mit einer Garagenuhr.»

«Richtig. Er sagte mir, Sie seien ein heller Kopf.»

«Sehr verbunden für die gute Meinung.»

«Wir wollen also vorerst mal Ihre Aussage akzeptieren und sehen, wohin sie uns führt. Nun zu dieser Uhr. Ging sie wohl genau?»
«Ich habe sie heute morgen wieder schlagen hören, und da stimmte sie mit meiner Uhr überein. Ich glaube wenigstens», fügte Monty hinzu, als sich ein obskurer Zweifel bei ihm regte, «daß es dieselbe Uhr war. Sie hatte denselben Klang – tief, rasch und etwas summend. Ein angenehmer Schlag.»
«Hm. Wir prüfen das am besten nach. Mag gestern abend falsch und heute morgen wieder richtig gegangen sein. Machen wir also einen Rundgang durchs Haus und sehen wir zu, ob wir die Uhr entdecken können. Ruggles, sagen Sie Mr. Bates, daß niemand das Haus verlassen darf und daß wir uns nach Möglichkeit beeilen werden. Gehen wir also, Mr. Egg.»
Es gab sechs schlagende Uhren im «Greif». Die Standuhr auf dem Treppenabsatz wurde sofort ausgeschaltet, da sie einen dünnen, hohen, zittrigen Klang hatte. Auch die Garagenuhr schlug ganz anders, während die Uhr im Frühstückszimmer und das häßliche bronzene Monstrum im Aufenthaltsraum von Montys Zimmer aus nicht zu hören waren, und in der Bar hing eine Kuckucksuhr. Aber als sie in die Küche kamen, die gerade unter Montys Zimmer lag, deutete Monty auf die Uhr und sagte sofort:
«Die scheint es zu sein.»
Es war eine alte amerikanische Acht-Tage-Wanduhr in einem Rosenholzgehäuse mit einem gemalten Zifferblatt und dem Bild eines Bienenkorbes auf der Glastür.
«Ich kenne diese Art», sagte Monty. «Sie schlägt auf eine aufgezogene Feder und gibt diesen tiefen, summenden Ton. Wie eine Turmuhr, aber viel schneller.»
Der Inspektor öffnete die Uhr und blickte hinein.
«Richtig. Und die Zeit ist auch korrekt. Zwanzig vor neun. Nun gehen Sie nach oben, und ich schiebe die Zeiger auf neun.»
In seinem Zimmer lauschte Monty wieder bei geschlossener Tür auf den tiefen, raschen, vibrierenden Klang. Er eilte nach unten.
«Es ist genau derselbe Ton, soweit ich es beurteilen kann.»
«Gut. Wenn keiner daran herumhantiert hat, steht die Zeit fest.»

Es ließ sich unerwartet leicht beweisen, daß die Uhr um Mitternacht richtig gegangen war. Die Köchin hatte sie nach der Rathausuhr gestellt, ehe sie um elf zu Bett ging. Sie hatte, wie immer, die Küchentür abgeschlossen und den Schlüssel mitgenommen. «Sonst würde dieser Hausknecht sich alle Augenblicke in die Küche schleichen und etwas aus der Speisekammer stibitzen.» Und der Hausknecht – ein ungesund aussehender Bursche von sechzehn Jahren – hatte diese Aussage zögernd bestätigt, indem er zugab, daß er eine halbe Stunde später die Tür zu öffnen versucht hatte, sie aber fest verschlossen fand. Die einzigen anderen Zugänge zur Küche – Hoftür und Fenster – waren von innen verriegelt.
«Sehr gut», sagte der Inspektor. «Nun können wir uns den Alibis all dieser Leute zuwenden. Sie, Ruggles, suchen inzwischen gründlichst nach Pringles Musterkoffer. Wir wissen, daß er ihn mit aufs Zimmer genommen hat, weil der Barmixer es gesehen hat. Und er kann vor der Entdeckung der Leiche nicht aus dem Hotel entfernt worden sein, weil alle Außentüren verschlossen und die Schlüssel herausgezogen waren. Nachdem sie geöffnet wurden, ist nur Ihr Freund Waters hinausgegangen, Mr. Egg, und nach Ihrer eigenen Aussage ist er nicht der Mörder. Er könnte allerdings ein Komplice sein.»
«Waters bestimmt nicht», verteidigte ihn Monty. «Eine ehrliche Seele, der alte Waters. Frisiert nicht einmal sein Spesenkonto. ‹Sei auch im kleinsten ehrlich, rechne ab auf Heller und Pfennig›, das war sein Lieblingszitat aus dem ‹*Handbuch des Verkäufers*›.»
«Sehr gut», meinte der Inspektor. «Aber wo ist der Koffer?»
Nach eingehendem Verhör der Hotelleitung und des Personals, die alle ein befriedigendes Alibi hatten, richtete Inspektor Monk seine Aufmerksamkeit auf die Gäste. Nach dem denkwürdigen, aus Makrelen und Schweinefleisch bestehenden Abendessen hatten Mr. Egg und Mr. Waters und zwei andere Handelsreisende, Loveday und Turnbull, bis halb elf Bridge gespielt, um welche Zeit Mr. Egg und Mr. Waters sich zurückzogen. Die anderen beiden hatten sich noch in der Bar aufgehalten, bis diese um elf Uhr geschlossen wurde. Danach hatten sie sich auf Mr. Lovedays Zimmer verzogen, wo sie bis halb eins plauderten und sich dann trennten. Um ein Uhr hatte Mr.

Loveday Mr. Turnbull aufgesucht, um sich etwas Fruchtsalz von ihm, der mit diesem Artikel reiste, zu borgen. Auf diese Weise verschafften sie sich gegenseitig ein Alibi, und es war anscheinend kein Grund vorhanden, daran zu zweifeln.
Dann kam eine ältere Dame, eine Mrs. Flack, die offensichtlich nicht imstande war, einen kräftigen Mann eigenhändig zu erwürgen. Ihr Zimmer lag auf dem Hauptkorridor, und sie hatte ungestört bis gegen halb eins geschlafen, als jemand an ihrer Tür vorbeikam und das Wasser im Badezimmer andrehte. Kurz vor eins hatte diese rücksichtslose Person das Badezimmer wieder verlassen. Sonst hatte sie nichts gehört.
Der einzige andere Gast war ein Mann, der mit Pringle in dessen Wagen angekommen war und sich als Fotograf ausgab. Er hieß Alistair Cobb. Inspektor Monk gefiel er nicht besonders, aber er war eine wichtige Persönlichkeit, da er einen guten Teil des Abends mit dem Ermordeten verbracht hatte.
«Schlagen Sie es sich aus dem Kopf», sagte Mr. Cobb, während er sein Haar glättete, «daß ich viel über Pringle weiß. Bis gestern abend um sieben Uhr hatte ich ihn nie gesehen. Aber ich hatte den Bus von Tadworthy verpaßt, und der nächste fuhr erst um neun. Also machte ich mich daran, die vier Meilen mit meinem Koffer zu Fuß zurückzulegen, als Pringle vorbeifuhr und sich erbot, mich mitzunehmen. Wie er sagte, nahm er oft Leute mit. Geselliger Bursche. Fuhr nicht gern allein.»
Mr. Egg (der bei dem Interview zugegen war – ein Privileg, das er zweifellos der günstigen Meinung des Inspektors Ramage über ihn verdankte) schauderte über dieses leichtsinnige Benehmen eines mit Juwelen reisenden Kollegen.
«Er war ein anständiger Kauz», fuhr Mr. Cobb fort. «Ganz fideler alter Knabe. Er nahm mich . . .»
«Hatten Sie geschäftlich in Cuttlesbury zu tun?»
«Aber sicher. Fotos, wissen Sie. Wir vergrößern Vaters und Mutters Hochzeitsbild gratis. Mit Goldrahmen fünfundzwanzig Shilling. Spottbillig. Kennen Sie diese Masche?»
«Allerdings», erwiderte der Inspektor in einem Ton, der deutlich besagte, daß er von dieser Masche nicht viel hielt.
«Na, also.» Mr. Cobb zwinkerte dem Inspektor zu. «Nun, wir nahmen unser Abendessen ein, das übrigens verteufelt schlecht war, und plauderten anschließend eine Weile in der Bar. Bates

und der Barmixer sahen uns dort. Dann ging Bates fort, um mit einem jungen Mann Billard zu spielen, und wir blieben noch bis gegen elf sitzen. Dann brach Pringle auf — behauptete, er fühle sich nicht gut, was mich nicht überraschte. Diese Makrelen . . .»

«Lassen wir die Makrelen ruhen», unterbrach Monk. «Der Barmixer behauptet, Sie und Pringle hätten um fünf Minuten vor elf das letzte Glas getrunken. Pringle sei dann zu Bett gegangen und habe seinen Koffer mitgenommen. Sind Sie dann direkt ins Billardzimmer gegangen?»

«Ja, sofort. Wir spielten . . .»

«Eine Sekunde. Bates sagt, Sie hätten erst noch telefoniert.»

«Stimmt. Das heißt, ich ging erst ins Billardzimmer und sah, daß Bates und sein Gefährte bald mit ihrem Spiel zu Ende waren. Da habe ich gesagt, ich würde inzwischen telefonieren und dann mit Bates ein Spiel machen. Ich rief beim ‹Bullen› in Tadworthy an, wo ich ein Paar Handschuhe in der Bar vergessen hatte. Man sagte mir, man habe sie gefunden und werde sie nachschicken.»

Der Inspektor machte sich eine Notiz.»

«Und wie lange haben Sie Billard gespielt?»

«Ungefähr bis ein Viertel nach zwölf. Dann erklärte Bates, er habe genug, da er früh aufstehen müsse. Also vertranken wir das, was ich ihm abgewonnen hatte, und ging dann zu Bett.»

Der Inspektor nickte. Dies bestätigte die Aussage des Hotelbesitzers.

«Mein Zimmer liegt auf dem Hauptkorridor», fuhr Mr. Cobb fort. «Nein, nicht an der Seite, wo der Aufruhr war — am entgegengesetzten Ende. Aber ich ging hinüber und nahm ein Bad; das Badezimmer liegt bei den Stufen, die auf den anderen Korridor führen. Es war vielleicht zehn vor eins, als ich zurückkam. Um die Zeit war alles ruhig.»

«Worüber haben Sie und Pringle sich unten unterhalten?»

«Oh, über dies und jenes», erwiderte Mr. Cobb ungezwungen. «Wir haben Anekdoten ausgetauscht. Pringle wußte ein paar saftige, und meine waren auch nicht übel. Darf ich Ihnen eine Zigarette anbieten, Inspektor?»

«Nein, danke. Erwähnte Pringle zufällig . . . Ja, Ruggles, was gibt es? Entschuldigen Sie einen Augenblick, meine Herren.»

Er ging zu dem Wachtmeister an der Tür und kehrte nach einer Weile mit einer Karte in der Hand zurück.

«Ich nehme an, daß sich Ihre fotografischen Artikel nicht auf solche Dinge erstrecken, Mr. Cobb.»

Mr. Cobb blies pfeifend eine lange Rauchwolke aus.

«Nein», sagte er, «nei-ein! Woher haben Sie dieses hübsche Ding?»

«Haben Sie es vorher schon mal gesehen?»

Mr. Cobb zögerte. «Nun, da Sie mich fragen, ja. Der verstorbene Pringle hat es mir gestern abend gezeigt. Hätte nichts davon gesagt, wenn Sie mich nicht gefragt hätten. Über Tote soll man nur Gutes sagen. Aber er war nicht so ganz ohne, dieser Pringle.»

«Sicher, daß es dieselbe Karte ist?»

«Sieht so aus. Dieselbe hübsche Dame – dieselbe hübsche Stellung jedenfalls.»

«Wo verwahrte er sie?» fragte der Inspektor, während er die Karte wieder an sich nahm und sie mit einer Klammer an seinen Notizen befestigte – aber nicht, bevor Mr. Egg einen Blick darauf werfen konnte und gehörig schockiert war.

«In seiner Brusttasche», erwiderte Mr. Cobb nach kurzer Überlegung.

«Aha. Pringle hat Ihnen sicher gesagt, in welcher Branche er tätig war. Hat er zufällig etwas von Vorsichtsmaßregeln gegen Diebe oder dergleichen erwähnt?»

«Er hat allerdings erwähnt, daß er wertvollen Kram in seinem Koffer habe und stets seine Zimmertür abschließe», entgegnete Mr. Cobb mit großer Offenheit. «Nicht, daß ich ihn danach gefragt hätte. Ging mich nichts an, was er tat.»

«Ganz recht. Nun, Mr. Cobb, im Augenblick brauche ich Sie nicht weiter zu bemühen, aber ich möchte Sie bitten, so lange im Hotel zu bleiben, bis ich noch einmal mit Ihnen gesprochen habe. Tut mir leid, wenn Ihnen das Unannehmlichkeiten bereitet.»

«Durchaus nicht», erklärte der gefällige Mr. Cobb. «Es ist mir völlig gleich.» Freundlich lächelnd schlenderte er davon.

«Pah!» sagte der Inspektor. «Ein schmieriger Kerl! Und ein Lügner obendrein. Haben Sie das Foto gesehen? Wie jemand solchen Schmutz drucken kann, ist mir übrigens unbegreiflich.

Nun, die Karte wurde nicht in einer Brusttasche herumgetragen. Die Ecken sind noch ganz scharf. Die kam frisch aus einem Umschlag. Möchte wetten, daß der Rest der Serie im Koffer dieses Burschen steckt. Aber das gibt er natürlich nicht zu, denn er macht sich strafbar, wenn er sie verkauft.»
«Wo hat man diese gefunden?»
«Unter Pringles Bett. Wenn Cobb kein Alibi hätte — aber ich bin ziemlich sicher, daß Bates die Wahrheit spricht. Außerdem liegt das Fenster der Köchin dem Fenster des Billardzimmers gegenüber, und sie hat sie dort bis Viertel nach zwölf spielen sehen. Oder sie müßten alle unter einer Decke stecken, und das ist nicht wahrscheinlich. Und immer noch keine Spur von Pringles Koffer. Aber wir können uns nicht über die Zeit hinwegsetzen. Sind Sie sicher, daß es zwölf schlug?»
«Unbedingt. Ein oder zwei Schläge lassen sich nicht mit zwölf verwechseln.»
«Nein, natürlich nicht.» Der Inspektor trommelte auf den Tisch und starrte ins Blaue. Monty sah, daß er überflüssig war, und kehrte in sein Zimmer zurück. Das Bett war noch nicht gemacht und das Wasser nicht ausgeschüttet. Die Schlamperei des «Greifen» war durch diese Katastrophe in ein völliges Chaos verwandelt. Er warf sich in einen Sessel mit ausgeleierten Federn, zündete sich eine Zigarette an und versank in Nachdenken.
Er hatte etwa zehn Minuten gebrütet, als er die Rathausuhr elf schlagen hörte. Unwillkürlich wartete er auf das melodiöse Schlagen der Küchenuhr, aber es kam nicht. Dann fiel ihm ein, daß Monk die Uhr um zwanzig Minuten vorgeschoben hatte, so daß sie vor einiger Zeit bereits geschlagen haben mußte. Und dann sprang er mit einem lauten Ausruf auf die Füße.
«Grundgütiger Himmel! Wie dumm von mir! Heute morgen um sieben schlug die Rathausuhr zuerst und die Küchenuhr unmittelbar danach. Aber gestern abend habe ich die Rathausuhr überhaupt nicht schlagen hören. Die Küchenuhr muß doch irgendwie geändert worden sein. Wenn nicht — wenn nicht — ach du meine Güte! Ob es das wohl sein könnte? Ja. Ja, es ist möglich. Gerade bevor die Uhr zwölf schlug, hörte Waters auf zu schnarchen.»
Er rannte hastig in das Zimmer Nr. 8, wo dieselbe Unordnung

herrschte wie in seinem eigenen. Auch hier schien seit Wochen nicht Staub gewischt worden zu sein. Und auf dem Nachttisch neben Waters' Bett, der an der dünnen Wand zwischen den beiden Zimmern stand, sah er im Staub einen Flecken, der so aussah, als hätte dort ein etwa acht mal acht Zentimeter großer Gegenstand gestanden.

Mr. Egg stürzte aus dem Zimmer und über den Korridor. Fluchend stolperte er die beiden schlechtbeleuchteten Stufen hinauf und eilte ins Badezimmer. Das Fenster hier ging auf eine enge Seitenstraße, die an einem Ende zur Hauptstraße und am anderen zu einer Gasse führte, die zwischen Lagerhäusern lag. Mr. Egg stürmte nach unten und stieß mit Inspektor Monk zusammen, der gerade aus dem Frühstückszimmer kam.

«Halten Sie Cobb fest!» keuchte Mr. Egg. «Ich glaube, ich habe sein Alibi gesprengt. Wohin ist Waters gefahren? Ich möchte mit ihm telefonieren. Rasch!»

«Soviel ich weiß, nach Sawcaster», erwiderte Monk erstaunt.

«Dann wird er im ‹Glockenkranz› übernachten», sagte Mr. Egg, «und Hunter, Merriman und Hackett & Brown besuchen. An einem dieser Plätze werden wir ihn erreichen.»

Mr. Egg verbrachte eine hektische halbe Stunde am Telefon, bis er seine Beute zu fassen bekam.

«Waters», flehte Monty, «beantworten Sie mir bitte einige Fragen; warum, verrate ich Ihnen später. Haben Sie immer einen Reisewecker bei sich? Wirklich? Ist es eine altmodische Repetieruhr? Ja? Ungefähr acht mal acht Zentimeter? Ja? Stand sie gestern abend auf Ihrem Nachttisch? Schlägt sie auf eine aufgezogene Feder? Wirklich? Gott sei Dank! Tiefe, rasche, weiche Töne wie eine Turmuhr? Ja, ja, ja! Jetzt, Waters, mein Lieber, denken Sie scharf nach. Sind Sie gestern nacht aufgewacht, und haben Sie die Uhr repetieren lassen? Wirklich? Sind Sie ganz sicher? Fein! Um welche Zeit? Sie schlug zwölf? Und das bedeutet? *Irgendwann zwischen zwölf und ein Uhr?* Dann kehren Sie, um Himmels willen, mit dem nächsten Zug nach Cuttlesbury zurück; denn durch Ihre verflixte Uhr sind Sie und ich beinahe Komplicen bei einem Mord geworden. Ja, MORD ... Einen Augenblick, Inspektor Monk möchte mit Ihnen noch reden.»

«Nun», meinte der Inspektor, als er den Hörer auflegte, «Ihre

Aussage hätte uns schön in die Klemme bringen können, nicht wahr? Wie gut, daß Sie diese Erleuchtung hatten. Nun werden wir das Gepäck des schmutzigen Mr. Cobb durchsuchen und sehen, ob er noch mehr saftige Fotos hat. Er hat sie wohl mit in Mr. Pringles Zimmer genommen, um sie ihm zu zeigen.»

«So wird's gewesen sein. Ich konnte bisher nicht verstehen, wie der Mörder ins Zimmer gelangen konnte, da Mr. Pringle ja immer seine Tür abschloß. Aber natürlich hatte er sie offengelassen für Cobb, der ihm versprochen hatte, später noch mal vorbeizukommen und ihm — streng vertraulich natürlich — etwas zu zeigen, wobei ihm die Haare zu Berge stehen würden. Cobb muß einen wahnsinnigen Schrecken bekommen haben, als Pringle schrie und ich an die Tür klopfte. Aber er war nicht auf den Mund gefallen, das muß ich ihm lassen. Wahrscheinlich ist er ein erstklassiger Verkäufer in seiner ekligen Branche. ‹Laß dich durch plötzliche Fragen nicht unterkriegen, sondern stets deine Geistesgegenwart siegen›, wie es im *Handbuch des Verkäufers* heißt.»

«Aber was hat er bloß mit Pringles Koffer gemacht?» fragte der Inspektor.

«Aus dem Fenster des Badezimmers geworfen, wo ihn der Komplice in Empfang nahm, den er telefonisch von Tadworthy herbestellt hatte. Verflixt noch mal!» rief Monty und wischte sich den Schweiß von der Stirn, «kurz nachdem diese verwünschte Uhr zwölf schlug, habe ich den Wagen unten vorbeifahren hören.»

Bittere Mandeln

«Donnerwetter!» rief Mr. Montague Egg. «Da hat wieder einmal ein sehr guter Kunde das Zeitliche gesegnet.»
Stirnrunzelnd blickte er auf seine Morgenzeitung, die ihn davon in Kenntnis setzte, daß an diesem Tage eine amtliche Totenschau abgehalten werde. Sie betraf die Leiche des Mr. Bernard Whipley, eines wohlhabenden, exzentrischen alten Herrn, dem die Firma Plummett & Rose von Zeit zu Zeit beträchtliche Mengen ihrer auserlesensten Markenweine und Liköre geliefert hatte.
Monty war mehr als einmal von Mr. Whipley eingeladen worden, seine eigenen Waren zu kosten, während sie in dem gemütlichen Arbeitszimmer in «Cedar Lawn» saßen – entweder eine Flasche alten Portweins, die Mr. Whipley selbst mit großer Sorgfalt aus dem Keller geholt hatte, oder einen Likörbrandy aus dem hohen Mahagonischrank in der Nische.
Mr. Whipley ließ niemanden an seine alkoholischen Vorräte heran. Dienstboten könne man nie über den Weg trauen, pflegte er zu sagen, und er habe keine Lust, bestohlen zu werden oder die Köchin mit dem Kopf unter dem Küchenschrank zu finden.
Mr. Eggs Miene verfinsterte sich noch mehr, als er las, daß Mr. Whipley, anscheinend durch Blausäure vergiftet, tot aufgefunden worden war, nachdem er zum Nachtisch ein Glas Pfefferminzlikör getrunken hatte.
Es ist peinlich, wenn Kunden plötzlich an Vergiftung sterben nach dem Genuß von Alkohol, den man ihnen geliefert hat. Schlechte Reklame.
Mr. Egg blickte auf seine Uhr. Die Stadt, in der er gerade die Zeitung las, lag nur fünfzehn Meilen von dem Wohnort des verstorbenen Mr. Whipley entfernt. Monty hielt es für ratsam, hinzufahren und an der Leichenschau teilzunehmen. Er war jedenfalls in der Lage, die Harmlosigkeit eines von der Firma Plummett & Rose gelieferten Pfefferminzlikörs zu bezeugen.
Also machte er sich sofort nach dem Frühstück auf den Weg. Bei seiner Ankunft ließ er dem Coroner seine Karte überreichen und sicherte sich auf diese Weise einen Platz in dem kleinen Schulzimmer, wo die Untersuchung abgehalten wurde.

Als erste Zeugin wurde die Haushälterin befragt, Mrs. Minchin, eine korpulente ältere Person von fast übertriebener Ehrbarkeit. Sie sagte, sie habe über zwanzig Jahre in Mr. Whipleys Diensten gestanden. Er sei fast achtzig Jahre alt gewesen, sehr aktiv und gesund, habe aber sein Herz schonen müssen.
In ihren Augen war er immer ein ausgezeichneter Arbeitgeber gewesen, vielleicht etwas sparsam. Die Haushaltskosten hatte er scharf überwacht, aber das hatte ihr nichts ausgemacht, da sie seine Interessen ebenso im Auge hatte wie ihre eigenen.
«Am Montagabend fühlte er sich durchaus wohl», fuhr Mrs. Minchin fort. «Mr. Raymond Whipley hatte sich nachmittags telefonisch zum Abendessen angemeldet . . .»
«Mr. Whipleys Sohn?»
«Ja, sein einziges Kind.» Hier blickte Mrs. Minchin hinüber zu einem dünnen, bleichen alt aussehenden jungen Mann, der nahe bei Mr. Egg auf der Zeugenbank saß, und rümpfte vielsagend die Nase. «Mr. und Mrs. Cedric waren im Hause zu Gast. Mr. Cedric Whipley ist Mr. Whipleys Neffe. Er hatte keine anderen Verwandten.»
Mr. Egg identifizierte Mr. und Mrs. Cedric Whipley in dem elegant gekleideten Ehepaar in Schwarz, das auf der anderen Seite von Mr. Raymond saß. Die Zeugin berichtete weiter.
«Mr. Raymond kam um halb sieben in seinem Wagen an und begab sich sofort zu seinem Vater ins Studierzimmer. Er kam ein Viertel nach sieben wieder heraus, als der Ankleidegong vor dem Essen ertönte. Wir begegneten uns in der Diele, und er kam mir etwas aufgeregt vor. Da Mr. Whipley nicht erschien, ging ich zu ihm hinein. Er saß am Schreibtisch und las etwas, das wie ein Aktenstück aussah.
Ich sagte: ‹Entschuldigen Sie bitte, Sir, aber haben Sie den Gong nicht gehört?› Er war manchmal ein wenig taub, wenn auch sonst wunderbar rege für sein Alter. Er blickte auf und erwiderte: ‹Danke, Mrs. Minchin.› Dann las er weiter, und ich sagte mir: ‹Mr. Raymond hat ihn wieder geärgert.› Um halb acht . . .»
«Einen Augenblick. Was hatten Sie sich bei dieser Äußerung über Mr. Raymond gedacht?»
«Nichts Besonderes. Mr. Whipley war nicht immer mit Mr. Raymonds Betragen einverstanden, und sie zankten sich

manchmal deshalb. Mr. Whipley gefiel Mr. Raymonds Beruf nicht.
Um halb acht», fuhr die Zeugin fort, «ging Mr. Whipley nach oben, um sich umzuziehen. Er machte einen normalen Eindruck, nur sein Schritt war etwas müde und schwer. Ich wartete in der Diele, falls er Hilfe brauchte, und als er an mir vorüberging, bat er mich, mit Mr. Whitehead zu telefonieren und ihm auszurichten, er möchte am nächsten Morgen herkommen. Mr. Whitehead war sein Anwalt. Ich habe sofort angerufen, und als Mr. Whipley gegen zehn Minuten vor acht wieder herunterkam, konnte ich ihm sagen, daß Mr. Whitehead am nächsten Morgen um zehn Uhr hier sein würde.»
«Hat sonst noch jemand diese Bemerkung gehört?»
«Ja. Mr. Raymond und Mr. und Mrs. Cedric waren in der Diele und tranken ihren Cocktail. Sie müssen es alle gehört haben. Um acht Uhr wurde das Essen aufgetragen ...»
«Haben Sie mit am Tisch gegessen?»
«Nein. Ich nehme meine Mahlzeiten auf meinem Zimmer ein. Gegen ein Viertel vor neun waren sie mit dem Essen fertig, und das Hausmädchen servierte den Kaffee, für Mr. und Mrs. Cedric im Salon, für Mr. Whipley und Mr. Raymond im Studierzimmer. Bis neun Uhr war ich allein in meinem Zimmer. Dann suchten Mr. und Mrs. Cedric mich auf, um ein wenig zu plaudern. Wir waren alle bis kurz vor halb zehn zusammen, als wir die Tür des Studierzimmers heftig zuschlagen hörten. Bald darauf kam Mr. Raymond in Hut und Mantel zu uns herein. Er sah sehr angegriffen aus.
Mr. Cedric sagte: ‹Hallo Ray!› Aber Mr. Raymond nahm keine Notiz davon und wandte sich an mich: ‹Ich bleibe doch nicht über Nacht hier, Mrs. Minchin, sondern fahre sofort nach London zurück.› Ich erwiderte: ‹Sehr wohl, Mr. Raymond. Weiß Mr. Whipley von der Änderung Ihres Plans?› Er lachte sehr merkwürdig und sagte: ‹O ja, er ist durchaus im Bilde.› Dann verließ er das Zimmer, und Mr. Cedric folgte ihm. Ich hörte, wie Mr. Cedric sagte: ‹Nimm's nicht so tragisch, alter Junge.› Mrs. Cedric erwähnte dann, daß sie befürchte, Mr. Raymond habe sich mit dem alten Herrn gezankt.
Etwa zehn Minuten später hörte ich die beiden jungen Männer die Treppe herunterkommen und ging nach draußen, um zu

sehen, ob Mr. Raymond nichts vergessen hatte. Er ging gerade mit Mr. Cedric aus der Haustür. Ich trug ihm seinen Schal nach, den er zurückgelassen hatte. Er fuhr sehr rasch davon, und ich kehrte mit Mr. Cedric ins Haus zurück.
Als wir an der Tür des Studierzimmers vorüberkamen, sagte Mr. Cedric: ‹Ob mein Onkel wohl . . .› Er brach ab und fügte hinzu: ‹Nein, es ist besser, wenn man ihn bis morgen allein läßt.› Wir kehrten in mein Zimmer zurück, wo Mrs. Cedric auf uns wartete. Sie fragte: ‹Was ist los, Cedric?› und er antwortete: ‹Onkel Henry hat die Geschichte mit Ella herausbekommen. Ich habe Ray ja gewarnt.› Sie sagte nur: ‹O du liebe Güte!› Dann schlugen wir ein anderes Thema an.
Mr. und Mrs. Cedric blieben bis halb zwölf bei mir und gingen dann nach oben zu Bett, während ich meinen üblichen Rundgang durchs Haus antrat. Als ich das Licht in der Diele ausmachte, bemerkte ich, daß das Licht in Mr. Whipleys Studierzimmer noch brannte. Da er nie so lange aufblieb, ging ich hin, um nachzusehen, ob er über einem Buch eingeschlafen war.
Da ich auf mein Klopfen keine Antwort bekam, trat ich ein, und da lag er tot im Sessel. Auf dem Tisch standen zwei leere Kaffeetassen, zwei Likörgläser und eine halbleere Flasche Pfefferminzlikör. Ich rief sofort Mr. Cedric, der mir riet, alles genauso zu lassen, wie es war und Dr. Baker anzurufen.
Als nächste Zeugin erschien die Hausgehilfin, die bei Tisch aufgewartet hatte. Sie erklärte, daß während der Mahlzeit nichts Besonderes vorgefallen sei. Nur seien Mr. Whipley und sein Sohn ziemlich schweigsam und nachdenklich gewesen.
«Am Ende der Mahlzeit hatte Mr. Raymond gesagt: ‹Hör mal zu, Vater, so geht das nicht.› Mr. Whipley hatte geantwortet: ‹Wenn du deine Ansicht geändert hast, sagst du es mir am besten gleich›, und hatte den Kaffee ins Studierzimmer bestellt. Mr. Raymond erwiderte: ‹Ich kann meine Ansicht nicht ändern, aber wenn du mich nur anhören wolltest . . .› Mr. Whipley schwieg.
Er fragte Mr. Raymond: ‹Was willst du trinken?› Mr. Raymond erwiderte: ‹Pfefferminzlikör.› Woraufhin Mr. Whipley sagte: ‹Das sieht dir ähnlich — ein Frauengetränk.›»
Mr. Egg lächelte vor sich hin, als er diesen Worten lauschte. Er konnte sich den alten Mr. Whipley so gut dabei vorstellen.

Dann verzog er sein pausbäckiges Gesicht zu einer ernsteren Miene, als der Coroner Mr. Cedric Whipley vortreten ließ.
Mr. Cedric bestätigte die Aussage der Haushälterin. Er gab an, daß er sechsunddreißig Jahre alt und Juniorpartner in der Verlagsfirma Freeman & Toplady sei. Ihm waren die näheren Umstände der Auseinandersetzung zwischen Vater und Sohn bekannt. Ja, Mr. Whipley hatte ihn und seine Frau extra eingeladen, um die Sache mit ihnen zu besprechen. Es handelte sich um Raymonds Verlobung mit einer gewissen Dame.
Mr. Whipley hatte recht impulsiv von einer Testamentsänderung gesprochen, aber er, Cedric, hatte ihn dringend gebeten, sich die Sache noch einmal in Ruhe zu überlegen. Am Abend der Tragödie hatte ihm Raymond anvertraut, daß sein Vater ihn zu enterben gedroht habe. Er hatte Raymond dann den Rat gegeben, es nicht so tragisch zu nehmen, da der alte Herr sich wieder beruhigen würde. Raymond hatte ihm diese Einmischung übelgenommen.
Nach Raymonds Aufbruch hatte er es für besser gehalten, den alten Mann in Ruhe zu lassen. Nachdem er und seine Frau sich von Mrs. Minchin verabschiedet hatten, war er direkt nach oben gegangen, ohne das Studierzimmer zu betreten. Nach seinem Ermessen war es etwa eine Viertelstunde später, als er auf Mrs. Minchins Ruf hin wieder nach unten gekommen war und seinen Onkel tot vorgefunden hatte.
Er hatte sich über ihn gebeugt, um ihn zu untersuchen, und dabei einen schwachen Geruch von Mandeln auf den Lippen entdeckt, dann an den Likörgläsern gerochen, ohne sie anzufassen, und da ihm eins davon auch nach Mandeln zu riechen schien, hatte er Mrs. Minchin instruiert, ja nichts anzurühren. Er hatte dann die Idee gehabt, daß sein Onkel vielleicht Selbstmord begangen habe.
Ein Raunen ging durch den Saal, als Mr. Raymond Whipley an den Tisch des Coroners trat. Ein dünner, ungesund aussehender Mann, dessen Alter zwischen dreißig und vierzig lag.
Er gab seinen Beruf als «Kunstfotograf» an und sprach von einem Atelier in der Bond Street. Seine «expressionistischen Studien» prominenter Männer und Frauen hätten beträchtliches Aufsehen im West End erregt. Sein Vater, der altmodische Vorurteile hatte, habe seine Tätigkeit nicht gebilligt.

«Soweit ich unterrichtet bin», sagte der Coroner, «wird Blausäure häufig in der Fotografie verwendet.»
Mr. Raymond Whipley lächelte gewinnend bei dieser ominösen Frage.
«Zyankalium», erwiderte er. «Du meine Güte, ja. Recht oft. Ich selbst verwende es nicht so häufig. Aber ich besitze etwas, wenn Sie darauf hinauswollen.»
«Ich danke Ihnen. Können Sie mir jetzt etwas Näheres über diese Meinungsverschiedenheit mit Ihrem Vater sagen?»
«Ja. Er hat entdeckt, daß ich mich mit einer Dame verlobt hatte, die an der Bühne ist. Ich weiß nicht, wer ihm das verraten hat. Wahrscheinlich mein Vetter Cedric, der es natürlich abstreiten wird, aber ich nehme an, daß es der famose Cedric war. Mein Vater ließ mich kommen und war sehr aufgebracht darüber. Voll eigensinniger Vorurteile. Wir hatten einen ziemlichen Auftritt vor dem Essen. Danach bat ich ihn erneut um eine Unterredung – dachte, ich könnte ihn vielleicht herumkriegen. Aber er wurde wirklich sehr beleidigend. Ich konnte es nicht mehr ertragen. Es regte mich zu sehr auf. Also bin ich Hals über Kopf wieder nach London gefahren.»
«Hat er erwähnt, daß er Mr. Whitehead kommen lassen wollte?»
«Oh, ja. Er sagte, wenn ich Ella heiratete, würde er mich enterben. Ganz der gestrenge Vater. Ich erwiderte: ‹Dann enterbe mich nur.›»
«Hat er auch erwähnt, zu wessen Gunsten er das neue Testament machen wollte?»
«Nein, aber ich denke, daß Cedric einen Batzen bekommen hätte. Er ist ja der einzige andere Verwandte.»
«Wollen Sie bitte eingehend schildern, was sich nach dem Essen im Studierzimmer zugetragen hat?»
«Wir gingen hinein, und ich setzte mich an den Tisch in der Nähe des Feuers. Mein Vater ging an den Schrank, in dem er seine Flaschen verwahrte, und fragte mich, was ich trinken möchte. Ich bat um einen Pfefferminzlikör, und er verhöhnte mich in seiner üblichen reizenden Art. Er nahm die Flasche heraus und forderte mich auf, mir selbst einzuschenken, als das Mädchen die Gläser hereinbrachte. Das tat ich dann auch. Ich trank Kaffee und Pfefferminzlikör. Er selbst trank nichts, so-

lange ich da war. Er war ziemlich erregt und ging auf und ab, wobei er mir allerlei Drohungen an den Kopf warf.
Nach einer Weile erinnerte ich ihn daran, daß sein Kaffee kalt werde. ‹Scher dich zum Teufel!› lautete seine Antwort. Ich sagte: ‹O. K.› Dann machte er eine sehr unangenehme Bemerkung über meine Verlobte. Ich verlor die Beherrschung und gebrauchte einige – sagen wir mal, unparlamentarische Ausdrücke. Dann ging ich hinaus und knallte die Tür zu. Als ich ihn verließ, stand er aufrecht hinter dem Tisch.
Ich ging zu Mrs. Minchin, um ihr zu sagen, daß ich wieder in die Stadt führe. Cedric wollte sich einmischen, aber ich sagte ihm, daß ich wisse, wem ich die ganze Schererei zu verdanken habe, und wenn er das Geld des Alten haben wolle, von mir aus herzlich gern. Mehr kann ich Ihnen nicht sagen.»
«Wenn Ihr Vater während Ihrer Anwesenheit nicht trank, wie erklären Sie die Tatsache, daß beide Likörgläser und beide Kaffeetassen benutzt waren?»
«Dann hat er seine wohl später benutzt. Er hat bestimmt nichts getrunken, ehe ich fortging.»
«Und er war noch am Leben, als Sie das Studierzimmer verließen?»
«Aber sehr.»
Mr. Whitehead, der Anwalt, erkärte die Testamentsbestimmungen des Verstorbenen. Cedric Whipley erhielt demnach eine jährliche Summe von zweitausend Pfund, die im Falle seines Todes an Raymond zurückfielen, der der Universalerbe war.
«Hat der Verstorbene jemals die Absicht geäußert, das Testament zu ändern?»
«Allerdings. Am Tage vor seinem Tode erwähnte er, daß er mit dem Verhalten seines Sohnes sehr unzufrieden sei, und wenn er ihn nicht zur Vernunft bringen könne, würde er ihn mit einer jährlichen Summe von eintausend Pfund abfinden und Mr. Cedric Whipley den Rest seines Vermögens vermachen. Mr. Raymonds Verlobte war ihm widerwärtig, und er erklärte, er wünsche nicht, daß die Kinder dieser Frau später sein Geld bekämen. Ich versuchte, ihn davon abzubringen, aber er nahm wohl an, daß die Dame die Verlobung auflösen würde, wenn sie davon hörte. Als Mrs. Minchin mich an dem frag-

lichen Abend anrief, war ich überzeugt, daß er ein neues Testament aufsetzen wollte.»

«Aber da er nicht mehr dazu gekommen ist, bleibt das Testament zugunsten von Mr. Raymond Whipley bestehen, nicht wahr?»

«Ganz recht.»

Inspektor Brown von der Bezirkspolizei berichtete dann über die Fingerabdrücke. Eine Kaffeetasse und ein Likörglas zeigten Mr. Raymonds Fingerabdrücke, die andere Tasse und das Glas mit dem Gift die von Mr. Whipley senior. Außer denen des Hausmädchens waren an Tassen und Gläsern keine anderen Abdrücke zu sehen, während die Likörflasche die Abdrücke von Vater und Sohn aufwies.

Mit dem Gedanken an die Möglichkeit des Selbstmords hatte die Polizei den Raum sorgfältig nach einer Flasche oder Phiole durchsucht, die vielleicht das Gift enthalten hatte. Man hatte aber nichts gefunden, lediglich im Kamin eine halbverbrannte Stanniolkapsel mit der verstümmelten Aufschrift «. . . AU . . . tier & Cie.» entdeckt.

Der Größe nach zu urteilen, hatte diese Kapsel jedoch den Korken einer Halbliterflasche bedeckt, und es erschien höchst unwahrscheinlich, daß ein Selbstmordkandidat einen halben Liter Blausäure kaufen würde. Auch war keine kürzlich geöffnete Flasche vorhanden, zu der die Kapsel gehörte.

An dieser Stelle tauchte ein schrecklicher Gedanke aus Mr. Eggs Unterbewußtsein auf – eine trübe Erinnerung an etwas, das er einst in einem Buch gelesen hatte. Die restliche Aussage des Inspektors, die rein formell war, entging ihm. Er wurde erst wieder aufmerksam, nachdem die Köchin und das Hausmädchen bewiesen hatten, daß sie den ganzen Abend zusammen verbracht hatten, und der Arzt aufgefordert wurde, seinen medizinischen Befund darzulegen.

Dieser erklärte, daß Mr. Whipley zweifellos an Vergiftung durch Zyankali gestorben sei. Nur eine sehr kleine Menge des Gifts war im Magen gefunden worden, aber selbst eine geringe Dosis wirkte bei einem Mann seines Alters und seiner natürlichen Gebrechlichkeit tödlich. Von allen bekannten Giften führt Zyankali am schnellsten zum Tode. Schon kurz nach dem Einnehmen traten Bewußtlosigkeit und Exitus ein.

«Wann haben Sie die Leiche zuerst gesehen, Doktor?»
«Ich kam um fünf Minuten vor zwölf, und da war Mr. Whipley mindestens schon seit zwei Stunden tot, wenn nicht noch länger.
«Er konnte nicht, sagen wir mal, eine halbe Stunde vor Ihrer Ankunft gestorben sein, wie?»
«Unmöglich. Ich möchte sagen, um halb zehn herum und gewiß nicht später als halb elf.»
Als letztes wurde der Bericht des Analytikers verlesen. Der Inhalt der Likörflasche und der Kaffeesatz in beiden Tassen hatten sich als völlig harmlos herausgestellt. Beide Likörgläser enthielten ein paar Tropfen Pfefferminzlikör, und eins davon — das mit den Fingerabdrücken des alten Mr. Whipley — wies eine deutliche Spur von Blausäure auf.
Noch ehe der Coroner sein Resümee begann, lag es klar auf der Hand, daß die Sache für Raymond Whipley sehr finster aussah. Er besaß ein Motiv, und er allein konnte das tödliche Gift mit Leichtigkeit bekommen. Überdies fiel die Zeit des Todes fast genau mit dem Zeitpunkt seiner hastigen und aufgeregten Flucht aus dem Hause zusammen.
Selbstmord schien ausgeschlossen; die anderen Mitglieder des Haushalts konnten gegenseitig ihr Alibi beweisen; nichts deutete darauf hin, daß ein Fremder von außen her eingedrungen war. Es folgte das unvermeidliche Urteil: Raymond Whipley wurde des Mordes beschuldigt.
Mr. Egg verließ eilends den Saal. Zwei Dinge beunruhigten ihn — Mr. Minchins Aussage und die halberinnerte Warnung, die er in einem Buch gelesen hatte. Er ging zum Postamt des Dorfes und schickte ein Telegramm an seine Arbeitgeber. Dann lenkte er seine Schritte zum Gasthof, wo er sich einen Tee bestellte, den er nachdenklich trank. Ihm schwante, daß dieser Fall für das Geschäft nicht gut sein würde.
Nach ungefähr einer Stunde wurde ihm die Antwort auf sein Telegramm überreicht. Sie lautete: «14. Juni 1893. Freeman & Toplady 1931», und war von dem Seniorpartner der Firma Plummett & Rose unterzeichnet.
Mr. Eggs heiteres, rundes Gesicht wurde von einer dunklen Wolke der Bestürzung und Qual überschattet. Er verzog sich in das Privatzimmer des Wirtes und meldete ein teures Ferngespräch nach London an. Weniger bestürzt, aber immer noch

finster kam er nach einer Weile wieder zum Vorschein. Er stieg in seinen Wagen und begab sich auf die Suche nach dem Coroner.

Dieser begrüßte ihn freundlich und führte ihn ins Zimmer, wo auch Inspektor Brown und der Polizeichef des Bezirks versammelt waren.

«Nun, Mr. Egg», meinte der Coroner, «Sie sind sicher froh, daß dieser unglückselige Fall auf die Reinheit der von Ihrer Firma gelieferten Waren keinen Schatten wirft.»

«Um darüber mit Ihnen zu sprechen, habe ich mir die Freiheit genommen, Sie aufzusuchen. Geschäft ist Geschäft, aber Tatsachen sind Tatsachen, und meine Firma ist bereit, den Tatsachen ins Auge zu sehen. Ich habe mit Mr. Plummett telefoniert, und er hat mich ermächtigt, Ihnen die Sache vorzulegen. Wenn ich es nicht täte», fügte Mr. Egg unumwunden hinzu, «so würde sich vielleicht ein anderer dafür finden, und das würde alles nur verschlimmern. ‹Warte nicht, bis peinliche Dinge bersten; muß die Wahrheit gesagt sein, sag du sie am ersten.› Mein Grundsatz – aus dem ‹*Handbuch des Verkäufers*›. Ein bemerkenswertes Buch, voll von gesundem Menschenverstand. Apropos gesunder Menschenverstand. Etwas von dieser Ware täte unserem jungen Freund auch keinen Schaden, nicht wahr?»

«Sie meinen Raymond Whipley?» sagte der Coroner.

«Meiner Ansicht nach ist dieser junge Mann ein pathologischer Fall.»

«Da haben Sie recht, Sir», pflichtete ihm der Inspektor bei. «Mir sind ja schon viele törichte Verbrecher unter die Augen gekommen, aber er übertrumpft sie alle. Leicht angeknackst, möchte ich sagen. Zankt sich mit seinem Vater, bringt ihn um und läuft dann in dieser höchst verdächtigen Art davon – warum hat er sich nicht gleich ein Schild umgehängt: ‹Ich bin der Täter!› Aber wie Sie schon sagten, ist er wohl nicht ganz zurechnungsfähig.»

«Nun, das mag ja sein», bemerkte Monty. «Aber darüber hinaus haben wir es mit dem alten Mr. Whipley zu tun. Sehen Sie, meine Herren, ich kenne alle meine Kunden recht gut. Es gehört sozusagen zu meinem Beruf, ihre Neigungen auswendig zu wissen. Es hat keinen Sinn, einen 1847er Oleroso einem

Herrn anzubieten, der seinen Sherry leicht und herbe liebt, oder einen Kunden, der auf ärztliche Verordnung bei Rheinwein bleiben muß, mit Gelegenheitskäufen von bestem Portwein zu quälen.
Nun erhebt sich die Frage: Wie ist der verstorbene Mr. Whipley überhaupt dazu gekommen, Pfefferminzlikör zu trinken? Er hat ihn nur für Damen bestellt. Er selbst konnte diesen Geschmack ganz und gar nicht ausstehen. Sie haben ja gehört, was er darüber zu Mr. Raymond gesagt hatte.»
«Das ist ein wichtiger Punkt», bemerkte der Polizeichef. «Ich darf wohl erwähnen, daß uns auch schon der Gedanke gekommen ist. Aber er muß das Gift in irgendeinem Getränk genommen haben.»
«Ich meine nur, behalten Sie das im Auge – das und die Dummheit bei diesem Mord, wenn er so geschehen ist, wie die Jury annahm. Doch nun zu dieser Stanniolkapsel. Darüber kann ich Ihnen einiges sagen. Ich habe mich bei der Leichenschau nicht eingemengt, weil ich nicht alle Tatsachen beisammen hatte. Aber jetzt bin ich informiert. Wissen Sie, meine Herren, wenn an jenem Tag im Studierzimmer eine Kapsel von einer Flasche entfernt wurde, so muß eine dazugehörige Flasche existieren. Das ist doch logisch. Wo ist sie? Sie muß irgendwo sein. Flasche bleibt schließlich Flasche.
Nun, meine Herren, Mr. Whipley ist über fünfzig Jahre ein Kunde meiner Firma gewesen. Plummett & Rose ist ein altbekanntes Haus. Und Flaschen mit dieser Kapsel wurden von einer französischen Exportfirma auf den Markt gebracht, die im Jahre 1900 aufgelöst wurde. Prélatier & Cie. war der Name, und wir waren ihre Vertreter in diesem Lande. Diese Kapsel gehörte nun zu einer von dieser Firma exportierten Flasche Noyeau – Sie können die letzten beiden Buchstaben noch auf dem Stempel sehen – und wir haben am 14. Juni 1893 eine Flasche von Prélatiers Noyeau mit anderen Probeflaschen an Mr. Whipley geliefert.»
«Noyeau?» wiederholte der Coroner interessiert.
«Wie ich sehe, sagt Ihnen das etwas, Doktor.»
«Allerdings», erwiderte der Kronrichter. «Noyeau ist ein mit Bittermandelöl oder Pfirsichkernen gewürzter Likör, Mr. Egg, und enthält infolgedessen eine geringe Menge Blausäure.»

«Ganz recht», bestätigte Monty. «Normalerweise richtet er natürlich keinen Schaden an. Läßt man jedoch eine Flasche lange genug stehen, dann steigt das Öl an die Oberfläche, und es ist bekannt, daß das erste Glas aus einer alten Flasche Noyeau den Tod herbeiführen kann. Ich habe das in einem Buch *‹Nahrungsmittel und Gifte›* gelesen, das vor einigen Jahren bei Freeman & Toplady erschienen ist.»

«Das ist ja Cedric Whipleys Firma», warf der Inspektor ein.

«Richtig», sagte Monty.

«Was wollen Sie damit andeuten, Mr. Egg?» erkundigte sich der Polizeichef.

«Nicht Mord, Sir», erwiderte Monty. «Nein, das nicht – obwohl es gewissermaßen dazu hätte führen können. Ich wollte nur sagen, daß nach Mr. Raymonds Fortgang der alte Herr vielleicht etwas nervös und unruhig wurde, wie das nach einer erregten Szene oft der Fall ist. Ich könnte mir denken, daß er den kalten Kaffee zu trinken begann und dabei das Verlangen nach einem Likör spürte.

«Er geht also zum Schrank, kramt etwas darin herum und stößt auf diese alte Flasche Noyeau, die vierzig Jahre ungeöffnet dort gestanden hat. Er nimmt sie heraus, entfernt die Kapsel, die er ins Feuer wirft, und zieht den Korken mit seinem Korkenzieher, wie ich das oft bei ihm beobachtet habe. Dann schenkt er sich das erste Glas ein, ohne an die Gefahr zu denken, leert es, in seinem Sessel sitzend, und stirbt, ohne einen Hilferuf äußern zu können.»

«Sehr geistreich», bemerkte der Polizeichef. «Aber wo sind diese Flasche und der Korkenzieher geblieben? Und wie erklären Sie sich das Vorhandensein von Pfefferminzlikör in seinem Glas?»

«Aha!» sagte Monty. «Jetzt kommen wir der Sache schon näher. Irgend jemand hat seine Hand im Spiel gehabt, und zwar nicht Mr. Raymond; denn es war zu seinem Vorteil, alles so zu lassen, wie es war. Aber vielleicht ist gegen halb zwölf, als Mrs. Minchin ihr Zimmer aufräumte und die anderen Dienstboten im Bett lagen, jemand anders in das Studierzimmer gegangen, hat Mr. Whipley tot aufgefunden, daneben die Flasche Noyeau, und erraten, was geschehen war.

Nehmen wir einmal an, daß diese Person den Korkenzieher

wieder in den Schrank legte, ein paar Tropfen Pfefferminzlikör aus Mr. Raymonds Glas in das andere schüttete und die Noyeau-Flasche mitnahm, um sie in Ruhe zu vernichten, wie sähe die Sache dann aus?»

«Aber wie konnte die Person das tun, ohne Fingerabdrücke auf Mr. Raymonds Glas zu hinterlassen?»

«Ganz einfach», erklärte Monty. «Er brauchte bloß den Stiel des Glases mit der ganzen Hand zu umschließen. So. Dann war nur ein schwacher Fleck am Oberteil des Glases zu sehen.»

«Und das Motiv?» fragte der Polizeichef.

«Nun, meine Herren, darüber möchte ich mich nicht äußern. Aber wenn Mr. Raymond wegen Mordes an seinem Vater gehängt worden wäre, so wäre das Geld seines Vaters wohl an den nächsten Verwandten gefallen – an den Herrn, bei dessen Firma das Buch erschienen ist, das uns genaue Auskunft über Noyeau gibt.

Es ist sehr unangenehm, daß meine Firma die fragliche Flasche geliefert hat. Eine Verantwortung müssen wir natürlich ablehnen. Aber wir werden in unserem demnächst erscheinenden Katalog eine Warnung hinzufügen.

Und Sie gestatten mir vielleicht, meine Herren, daß ich Ihnen unser neues Buch ‹*Die hundertjährige Geschichte des Hauses Plummett & Rose*› zusende. Es erscheint in eleganter Ausstattung – eine Zierde für jeden Bücherschrank.»

Falsches Gewicht

«Nanu!» sagte Mr. Montague Egg.

Er kannte den Gasthof «Königliche Eiche» in Pondering Parva und hätte unter normalen Umständen dort nicht gehalten. Dieses Haus hatte wenig zu tun. Das Essen war schlecht und der Wirt ein verdrießlicher Mann. Ein tüchtiger Reisender in erstklassigen Weinen und Spirituosen hatte nicht viel Aussicht, hier etwas abzusetzen. Aber der Umstand, daß der Gasthof schon morgens um halb neun der Mittelpunkt einer interessierten Menschenmenge war und daß ein Polizeiwagen und eine Ambulanz vor der Tür standen, erregte die Neugierde Mr. Eggs. Er nahm also den Fuß vom Gaspedal und brachte seinen Wagen zum Halten.

«Was geht hier vor?» erkundigte er sich bei einem der Umstehenden.

«Jemand ist ermordet worden ... George hat es getan ... Unsinn, es waren Diebe, und sie sind mit der Kasse durchgebrannt ... George kam nach unten und fand den Fußboden mit Blut überschwemmt ... ich sage dir, es war George ...»

Mr. Egg war schon auf dem Wege zur Bar. Ein Polizeiinspektor trat ihm auf der Schwelle entgegen.

«Sie können jetzt nicht hereinkommen. Wer sind Sie, und was wollen Sie?»

«Mein Name ist Montague Egg. Ich reise für Plummett & Rose, Weine und Spirituosen, Piccadilly. Ich möchte mit Mr. Rudd sprechen.»

«Das geht jetzt nicht. Sie fahren am besten weiter. Einen Moment! Sie sagten, Sie seien ein Handelsreisender. Ist dies Ihr regulärer Bezirk?»

Mr. Egg bejahte das.

«Dann könnten Sie uns vielleicht einige Auskünfte geben. Treten Sie doch bitte näher.»

«Ich will eben meinen Koffer holen», sagte Monty. Bei allem Interesse vergaß er nicht die Pflicht des Geschäftsreisenden seinen Mustern und Beglaubigungsschreiben gegenüber. Er schleppte den schweren Koffer aus dem Wagen ins Gasthaus, wobei jemand aus der Menge schrie: «Das ist der Fotograf.»

In der Bar der «Königlichen Eiche» blickte er sich um. An einem

Tisch in der Nähe des Fensters saß ein Polizist und machte Notizen. Ein breiter Mann mit einem plattgedrückten Gesicht, in dem Monty den Gastwirt Rudd erkannte, lehnte in Hemdsärmeln an der Bar. Er war unrasiert und sah aus, als habe er sich in Eile angezogen. Ein junger Bursche mit wirrem Haar, enormen Muskeln und verschwindend niedriger Stirn stand mit finsterer Miene neben ihm. Aus einem Hinterzimmer drang weibliches Geschrei und Schluchzen. Die Tür eines Gastzimmers zur Rechten stand offen, und Monty sah darin den Rücken eines Mannes, der sich über etwas beugte, das am Boden lag.

Der Inspektor warf einen Blick auf Mr. Eggs Papiere und gab sie ihm zurück.

«Sie sind ja schon früh unterwegs», meinte er.

«Ja», erwiderte Monty. «Ich wollte gestern abend noch bis Pettiford kommen, wurde aber durch den Nebel aufgehalten.»

«Aha. Nun, Mr. Egg, die meisten Geschäftsreisenden eines Bezirks kennen sich im allgemeinen ziemlich gut. Ich möchte gern wissen, ob Sie den Mann dort im Zimmer identifizieren können.»

«Ich will es versuchen, obwohl mir natürlich nicht jeder Kollege bekannt ist. Aber sein Name steht doch gewiß in seinen Papieren.»

«Das ist es ja gerade», erwiderte der Inspektor. «Seine Papiere müssen in seinem Musterkoffer gewesen sein, und der ist verschwunden. Er hat zwar einige Briefe bei sich, aber die ... na, davon sprechen wir später noch. Kommen Sie bitte mit.»

Monty folgte ihm in das Nebenzimmer, und der gebückte Mann richtete sich auf.

«Ganz klarer Fall, Birch», bemerkte der Mann. «Kopf eingeschlagen. Acht bis zehn Stunden tot. Kann es unmöglich selbst getan haben. Auch kein Unglücksfall. Die Flasche da drüben ist wahrscheinlich die Waffe. Sie prüfen sie am besten auf Fingerabdrücke. Möchten Sie sonst noch etwas wissen? Wenn nicht, kehre ich zu meinem Frühstück zurück. Ich werde den Coroner benachrichtigen.»

«Vielen Dank, Doktor. Acht bis zehn Stunden, wie? Das deckt sich ja mit Rudds Aussage. Nun, Mr. Egg, kommen Sie her und sehen Sie sich den Mann einmal an.»

Der Doktor trat zur Seite, und Monty sah am Boden die Leiche eines kleinen Mannes in einem sauberen blauen Wollanzug. Er hatte glattes schwarzes Haar und einen kleinen, dünnen Schnurrbart. Das Blut aus einer offenen Wunde an der Schläfe war auf seiner glattrasierten Wange geronnen. Er schien fünfunddreißig bis vierzig Jahre alt zu sein.
«O ja, ich kenne ihn», sagte Monty. «Sogar sehr gut. Er heißt Wagstaffe und reist – reiste – für Applebaum & Moss, die großen Händler in billigem Schmuck.»
«Wirklich? Dann enthält sein Koffer wohl allerlei Schmucksachen, wie?»
«Ja, auch Uhren und dergleichen.»
«Hm. Und können Sie mir verraten, warum er Briefe mit sich herumträgt, die an andere Leute adressiert sind? Hier: an Joseph Smith, Wohlgeboren; ein anderer: an Mr. William Brown; hier ein ganz ergreifender: an Harry Thorne, Wohlgeboren. Heiße Episteln.»
«Muß ich Ihnen das sagen, Inspektor?» fragte Monty sanft.
«Eigentlich nicht. Ach, ihr Handelsreisenden, ihr seid alle aus demselben Holz! Eine Frau in jedem Anlegehafen, wie?»
«Ich nicht, Inspektor. Keine Hochzeitsglocken für Monty Egg. Aber leider trifft es auf den armen Wagstaffe zu. Anscheinend hat er dafür büßen müssen, nicht wahr?»
«Da haben Sie recht. Offenbar hat er sich zur Wehr gesetzt, den Anzeichen nach zu urteilen.» Inspektor Birch ließ den Blick durchs Zimmer wandern. Es war ein kleiner Raum, und jedes Möbelstück darin schien etwas abbekommen zu haben. Ein kleiner runder Tisch vor dem Kamin war umgeworfen, und eine zerbrochene Whiskyflasche ergoß ihren aromatischen Inhalt über das Linoleum. Stühle waren umgestoßen, die Glastür eines Zierschränkchens war sternförmig zersplittert, und eine Standuhr lag schräg auf der Seite und wäre zu Boden gefallen, wenn der Kaminsims es nicht verhindert hätte. Mr. Eggs Blick heftete sich auf das Zifferblatt. Die Zeiger standen auf zehn Minuten nach elf.
«Ja», meinte Birch, der diesem Blick gefolgt war, «wenn diese Großvateruhr nicht lügt, wissen wir ziemlich gut, wann der Mord passiert ist und wer ihn begangen hat. Können Sie mir irgend etwas über einen Reisenden namens Slater sagen?»

«Ich habe von einem Archibald Slater gehört», erwiderte Monty. «Reist in Damenunterwäsche.»
«Den meine ich. Ist er ein tüchtiger Verkäufer? Lebt er in guten Verhältnissen?»
«Das möchte ich annehmen. Er arbeitet für eine gute Firma.» Monty nannte sie. «Er bereiste früher Yorkshire und Lancashire und hat jetzt den Bezirk eines Kollegen übernommen.»
«Wäre er wohl imstande, einen anderen zu ermorden und dessen Muster zu stehlen?»
Monty protestierte. Das sei das letzte für einen Handelsreisenden. Sie waren gute Kameraden der Landstraße.
«Hm. Wir wollen uns Rudds Aussage noch einmal anhören.»
Der Bericht des Wirtes war ziemlich klar. Der erste Reisende – jetzt als Wagstaffe identifiziert – war gestern abend um halb acht angekommen. Er hatte eigentlich bis Pettiford fahren wollen, aber der Nebel war zu dicht. Dann hatte er zu Abend gegessen und war anschließend in die leere Bar gegangen. Die «Königliche Eiche» hatte wenig bessere Kundschaft, und es waren nur ein paar Arbeiter in der billigeren Gaststube. Um halb zehn war Slater aufgetaucht und hatte ebenfalls den Nebel als Grund für die Unterbrechung seiner Reise angegeben. Er hatte bereits gegessen und war sehr bald zu Wagstaffe in die Bar gegangen. Man hatte gehört, wie er beim Eintritt in einem aufreizenden Ton zu Wagstaffe sagte: «Ach, du bist hier?» Dann hatte er die Tür geschlossen und bald darauf an die Durchreiche zwischen den beiden Gaststuben geklopft, um eine Flasche Whisky zu bestellen. Um halb elf, nach Schluß des Ausschanks, war Rudd zu ihnen gegangen, und da hatten die beiden Männer am Kamin gesessen und miteinander geredet. Beide wirkten erregt und zornig. Rudd hatte ihnen mitgeteilt, daß er, seine Frau und der Barmixer zu Bett gehen würden, und sie gebeten, das Licht auszumachen, wenn sie nach oben gingen.
Hier brach der Wirt ab, um zu erklären, daß über der Bar keine Schlafzimmer lägen, nur ein großer, leerer Raum, der sich über die ganze Vorderseite des Hauses erstreckt und zu Versammlungszwecken benutzt würde. Die Schlafräume lägen alle nach hinten heraus, und man könne von dort nicht hören, was im Erdgeschoß vor sich gehe. Dann fuhr er fort:

«Es war vielleicht zwanzig nach elf, als jemand an unsere Schlafzimmertür klopfte. Ich stand auf und öffnete. Es war Slater. Er sah sehr merkwürdig und erregt aus und sagte, es sei jetzt wieder klar draußen, und er habe sich entschlossen, nach Pettiford zu fahren. Das kam mir seltsam vor, aber ich blickte aus dem Fenster und sah, daß der Nebel verschwunden war. Der Mond schien, und es herrschte ein scharfer Frost. Ich erklärte ihm, daß er sein Zimmer bezahlen müsse, und er machte deswegen keine Schwierigkeiten. Nachdem ich meinen Schlafrock angezogen hatte, ging ich mit ihm über die Hintertreppe ins Büro, das hinter der Bar liegt. Nachdem er die Rechnung beglichen hatte, ließ ich ihn durch die Hoftür hinaus zur Garage. Seine Koffer hatte er schon bei sich.»

«Wie viele Koffer waren es?»

«Zwei.»

«Hatte er zwei bei sich, als er ankam?»

«Das kann ich nicht sagen. Ich habe nicht darauf geachtet. Nun, ich bin nicht mit ihm auf den Hof gegangen, da es kalt war, aber ein paar Minuten später hörte ich den Wagen fortfahren. Dann ging ich wieder zu Bett und bemerkte im Vorbeigehen, daß in der Bar noch Licht brannte. Ich dachte im stillen, der andere Bursche sitzt immer noch auf; den Stromverbrauch werde ich ihm ankreiden.»

«Sind Sie nicht hineingegangen, um nachzusehen, ob er immer noch da war?»

«Nein», entgegnete Mr. Rudd. «Es war zu grimmig kalt, um sich lange aufzuhalten. Ich ging zu Bett und schlief sofort wieder ein.»

«Dann haben Sie nicht gehört, ob Wagstaffe nach oben gekommen ist?»

«Keinen Ton. Aber meine Frau hat bis Mitternacht wach gelegen, und bis dahin war er nicht heraufgekommen. Und es ist doch ganz klar, daß er überhaupt nicht nach oben gestiegen ist, nicht wahr?»

«Es sieht so aus», gab der Inspektor vorsichtig zu. «Rufen Sie doch bitte George noch einmal.»

Der Barmixer bestätigte Rudds Aussage und fügte noch etwas hinzu. Er sei zwischen halb zehn und zehn Uhr in die Bar gegangen und habe die beiden Männer in einem anscheinend heftigen Streit unterbrochen. Slater habe gesagt: «Du gemeiner Kerl – ich möchte dir am liebsten alle Knochen im Leibe zerschlagen.» Er habe sie für betrunken gehalten und sich nicht eingemischt, sondern nur ein paar Kohlen aufs Feuer gelegt. Dann sei er wieder gegangen. Er habe sie dann nicht mehr streiten hören. Nachdem Rudd um halb elf nach oben gegangen sei, habe er noch mal hereingeschaut, aber da hätten sie ruhig miteinander geredet und offenbar ein paar Briefe gelesen. Er sei dann zu Bett gegangen und durch das Geräusch von Schritten und des abfahrenden Wagens wieder aufgewacht.

«Und was geschah dann?»

George schlug mürrisch die Augen nieder.

«Mr. Rudd kam wieder nach oben.»

«Und?»

«Nichts weiter. Ich bin wieder eingeschlafen.»

«Haben Sie sonst noch jemanden herumgehen hören?»

«Nein. Ich habe Ihnen doch gesagt, ich bin eingeschlafen.»

«Um welche Zeit kam Mr. Rudd nach oben?»

«Weiß nicht. Habe nicht extra nachgesehen.»

«Haben Sie es zwölf schlagen hören?»

«Ich habe nichts gehört, sondern geschlafen.»

«Wie viele Koffer brachte Slater mit?»

«Nur einen.»

«Sind Sie dessen sicher?»

«Nun, ich glaube schon.»

«Und hatte der andere Mann – Mr. Wagstaffe – einen Koffer bei sich?»

«Ja, er hatte auch einen Koffer, den er mit in die Bar nahm.»

«Haben sich die beiden in das Hotelregister eingetragen?»

«Slater hat sich eingetragen, als er kam», erwiderte der Wirt. «Aber Wagstaffe nicht. Ich nahm mir vor, ihn am Morgen daran zu erinnern.»

«Dann hatte Slater bis zu seiner Ankunft nichts geplant», sagte Birch. «Es handelte sich offenbar um eine zufällige Begegnung. Na schön, Rudd. Mit Ihrer Frau rede ich später. Nun machen Sie weiter und halten Sie schön den Mund. Wir haben die Nummer von Slaters Wagen», fügte er hinzu. «Wenn er wirklich nach Pettiford gefahren ist, werden wir ihn bald haben.»

«Allerdings», bemerkte Monty und setzte zögernd hinzu: «Ob die Uhr wohl die Wahrheit spricht?»
«Denken Sie etwa, sie sei zurückgestellt? Wie in dem Stück, das augenblicklich läuft?»
«Na», sagte Monty, «es erscheint mir reichlich komisch, daß dieser Verbrecher die Großvateruhr so sorgfältig umgekippt hat, gerade als ob er absichtlich Beweismaterial gegen sich schaffen wollte. Es wirkt ein bißchen unnatürlich. Wie es im ‹*Handbuch des Verkäufers*› heißt: ‹Sei maßvoll; Kunden haben die im Magen, die das Lob ihrer Waren zu dick auftragen.›»
«Das werden wir gleich sehen», sagte der Inspektor und ging auf die Uhr zu. «Halt! Erst müssen wir sie mal auf Fingerabdrücke hin untersuchen.»
Die Ankunft eines Fotografen mit einem Fingerabdruckapparat führte zu der Entdeckung so vieler Abdrücke auf der Uhr und auf der Flasche, daß man annehmen mußte, daß Staubtücher und Möbelpolitur in der «Königlichen Eiche» schon lange nicht mehr in Aktion getreten waren. Als die Aufnahmen fertig waren, richtete der Inspektor die Uhr mit Hilfe des Polizisten wieder auf. Sie schien keinen Schaden genommen zu haben, sondern war offenbar nur stehengeblieben, als das Pendel auf die Seitenwand des Gehäuses fiel. Denn sobald sie wieder in Gang gebracht worden war, tickte sie lustig drauflos. Mr. Birch hob seinen dicken Zeigefinger zum Minutenzeiger, berührte ihn dann aber doch nicht.
«Nein, wir wollen Großpapa in Ruhe lassen», meinte er. «Wenn irgendein Hokuspokus getrieben worden ist, dann könnte vielleicht etwas auf den Zeigern gefunden werden, obgleich sie zu schmal sind, um einen Fingerabdruck zu zeigen. Aber man kann nie wissen. Sie wird wohl noch ein paar Stunden gehen.»
«O ja», versicherte ihm Mr. Egg, als er das Gehäuse öffnete und hineinschaute. «Die Gewichte hängen allerdings ziemlich nahe am Boden, besonders das eine, aber ich möchte behaupten, daß sie noch zwölf Stunden laufen wird. Was ist heute? Sonnabend? Sie wird wahrscheinlich sonntags morgens aufgezogen.»
«Wahrscheinlich», sagte der Inspektor. «Na, vielen Dank, Mr. Egg, ich will Sie jetzt nicht länger aufhalten.»

«Sie haben wohl nichts dagegen, wenn ich ein Glas Ale in der Bar trinke», schlug Monty vor. «Sie wird in einer halben Stunde geöffnet, und ich habe nicht viel zum Frühstück gegessen.»
«Ich habe überhaupt keins gehabt», sagte der Inspektor schmachtend.
Woraufhin Mr. Egg ihn prompt zu einem Frühstück einlud. Der Inspektor hatte gerade einen gewaltigen Berg von Eiern und Speck vertilgt, als ein Tumult an der Tür die Ankunft eines Polizeiwachtmeisters mit dem durchgebrannten Mr. Slater ankündigte. Der letztere war ein breitschultriger, zornig aussehender Mann, der sofort heftig zu protestieren begann.
«Immer mit der Ruhe, Freundchen», sagte Mr. Birch. «Wie viele Koffer haben Sie bei ihm gefunden, Wachtmeister?»
«Nur einen, Sir – seinen eigenen.»
«Ich versichere Ihnen», beteuerte Slater, «daß ich von der ganzen Sache nichts weiß. Gegen zwanzig nach elf habe ich Wagstaffe hier in der Bar zurückgelassen, und da war er völlig in Ordnung – nur betrunken. Ich bin um 23.30 – oder es mag auch 23.45 gewesen sein – fortgefahren. Einen Koffer habe ich mitgebracht und einen wieder mit fortgenommen. Diesen hier, und wenn jemand etwas anderes behauptet, dann lügt er. Wenn ich einen Mord begangen hätte, glauben Sie, ich wäre, wie angekündigt, nach Pettiford gefahren und hätte beim Frühstück in den ‹Vier Glocken› abgewartet, bis Sie mich schnappen?»
«Vielleicht, vielleicht auch nicht», erwiderte Mr. Birch. «Kannten Sie diesen Wagstaffe?»
Die zornigen Augen fuhren nervös hin und her.
«Ich bin ihm schon mal begegnet», erwiderte er.
«Man sagt, Sie hätten sich mit ihm gestritten.»
«Nun – er war betrunken und wurde unangenehm. Das war auch ein Grund, weshalb ich weiterfuhr.»
«Aha.» Der Inspektor blätterte in den Briefen, die aus den Taschen des Toten stammten.
«Ihr Name ist Archibald, nicht wahr? Haben Sie eine Schwester Edith? – He, Finger weg!»
Slater hatte blitzschnell versucht, Birch den Brief zu entreißen.
«Na, ich will es Ihnen ruhig sagen», bekannte er. «Wagstaffe war ein schmutziger Schuft. Thorne ist der Name, unter dem

wir ihn kannten, und meine Schwester ist seine Frau – oder glaubte es wenigstens zu sein, bis es sich herausstellte, daß er unter einem anderen Namen mit einer anderen Frau verheiratet war, dieser gemeine Halunke. Sie haben geheiratet, während ich im Norden Englands war, und ich erfuhr erst davon, als ich in diesem Bezirk arbeitete. Er ist mir sorgfältig aus dem Wege gegangen – bis gestern abend. Ich konnte ihm natürlich nichts anhaben, sondern nur versuchen, ihn zur Zahlung von Alimenten für das Kind zu bewegen, und schließlich erklärte er sich auch dazu bereit. Ich ... Sehen Sie, Inspektor, mir ist durchaus klar, daß die Sache schlecht für mich aussieht, aber ...»

«Heda!» rief Monty. «Vergessen Sie nicht die Uhr. Sie wird gleich schlagen.»

«Ja», sagte der Inspektor. «Die Zeiger standen auf zehn nach elf, als die Uhr bei dem Ringkampf umgestoßen wurde. Um zwanzig nach hatten Sie das Haus verlassen. Wenn die Uhr jetzt eins schlägt, wissen wir, daß sie zurückgestellt worden ist – schlägt sie aber zwölf, dann sagt sie die Wahrheit, und Sie sitzen in der Patsche.»

Das Gehäuse stand offen. Beim ersten Schlag des Hammers starrten alle wie gebannt auf das Schlaggewicht, als es sich von seinem jetzigen Platz – sieben bis zehn Zentimeter unter dem anderen – langsam abwärts bewegte.

Die Uhr schlug zwölf.

«Da sind wir jedenfalls einen Schritt weiter», sagte Mr. Birch grimmig.

«Es ist nicht wahr!» schrie Slater aufgeregt. Dann fügte er besonnener hinzu: «Der Mann kann nach meiner Abfahrt getötet worden sein, aber noch vor Mitternacht, und die Zeiger können um eine Dreiviertelstunde zurückgeschoben worden sein.»

Während der Inspektor überlegte, ließ sich Monty hören:

«Entschuldigung, Inspektor, aber mir ist gerade etwas aufgefallen. Beim Schlage zwölf legt dieses Gewicht die größte Strecke zurück, und es ist kaum mehr als einen Zentimeter gefallen. Wie kommt es nun, daß es so tief unter dem Triebgewicht hängt? Sehen Sie, worauf ich hinauswill? Während der langen Schlagzeiten von sechs bis zwölf senkt sich das Schlag-

gewicht mehr als das Triebgewicht und hängt darunter, aber während der kurzen Schlagzeiten wird es vom Triebgewicht wieder eingeholt, so daß – meiner Erfahrung nach jedenfalls – bei einer Achttageuhr niemals mehr als etwas über einen Zentimeter Spielraum zwischen den beiden Gewichten ist, und zum Schluß hängen sie in gleicher Höhe. Wieso ist nun dieser Bursche seinem Gefährten so weit vorausgelaufen?»
«Nachlässig aufgezogen», meinte der Inspektor.
«Entweder das», sagte Monty, «oder aber man hat die Uhr *elf Stunden vorgeschoben*. Das ist die einzige Möglichkeit, eine schlagende Uhr zurückzustellen, wenn man nicht den Verstand hat, das Schlaggewicht ganz abzunehmen, und die meisten Leute denken nicht daran.»
«Herrje!» stieß Mr. Birch hervor. «Das soll mal einer wissen. Wer zieht diese Uhr auf? Wir fragen am besten Mr. Rudd.»
«Ihn würde ich nicht fragen. Verzeihen Sie die Einmischung», sagte Mr. Egg nachdenklich.
«Oh!» sagte Mr. Birch. «Aha, ich verstehe.» Er zupfte an seinem Schnurrbart. «Warten Sie mal. Ich hab's.»
Mit diesen Worten stürzte er hinaus und kehrte bald mit einem etwa vierzehnjährigen Jungen zurück.
«Na, mein Sohn, wer zieht denn hier die Großvateruhr auf?»
«Vater. Jeden Sonntagmorgen.»
«Hast du ihn am letzten Sonntag dabei beobachtet?»
«Ja.»
«Kannst du dich erinnern, ob er die beiden Gewichte bis zur gleichen Höhe aufgezogen hat – oder waren sie so weit voneinander getrennt wie jetzt?»
«Er zieht sie immer fest auf – vierzehn Drehungen, für jeden Tag zwei – und wenn die Gewichte aufgezogen sind, gibt's einen Bums.»
Der Inspektor nickte. «Gut – kannst wieder davonlaufen. Mr. Egg, es sieht so aus, als hätten Sie da in ein Wespennest gelangt. Wachtmeister, machen Sie sich auf die Beine.»
Der Wachtmeister blinzelte ihm verständnisvoll zu und ging hinaus. Nach einer halben Stunde erschien er wieder mit einem Koffer in der Hand.
«War im Hühnerstall unter einem Haufen alter Säcke, Sir. Muß entweder Rudd oder George, der Barmixer, sein.»

«Sie müssen beide daran beteiligt sein», sagte der Inspektor. «Wer von ihnen den Mord begangen hat, kann ich noch nicht sagen. Wir werden auf die Fingerabdrücke warten müssen.»

«Warum lassen Sie sich nicht den Uhrschlüssel geben?» fragte Mr. Egg.

«Wozu?»

«Nur eine Idee von mir.»

«Na schön. Holen Sie Rudd herein. – Rudd, wir hätten gern den Schlüssel zu dieser Uhr.»

«Auch das noch», fuhr der Wirt auf. «Nun, ich habe ihn nicht und weiß auch nicht, wo er geblieben ist. Damit müssen Sie sich schon abfinden. Dies ist ja eine schöne Bescherung.»

«Beruhigen Sie sich», sagte der Inspektor, «ich werde George fragen. Wo ist der Uhrschlüssel, George?»

Der Barmixer fuhr sich mit der Hand über den trockenen Mund. «Im Topf dort auf dem Kaminsims», erwiderte er.

«Hier ist er aber nicht», erklärte der Inspektor, als er in den Topf geschaut hatte.

«Sicher nicht», sagte Monty. «Und woher wußte Rudd, daß er nicht drin war, wenn er ihn gestern abend nicht gesucht hätte, um das Gewicht bis zu seinem richtigen Platz zurückzuwinden, nachdem er die Uhr elf Stunden vorgeschoben hatte? Kein Wunder, daß es hier aussieht, als hätte ein Tornado gewütet.»

Der Wirt wurde auf einmal schmutzig-grün im Gesicht, und George begann zu wimmern.

«Bitte, glauben Sie mir, Sir, ich wußte nichts davon, bis alles vorüber war. Ich hatte nichts damit zu tun.»

«Legen Sie beiden die Armbänder an, Wachtmeister», gebot Inspektor Birch. «Und Sie, Slater, denken Sie daran, daß Sie als Zeuge auftreten müssen. Bin Ihnen sehr zu Dank verpflichtet, Mr. Egg. Aber wo kann denn nur der Schlüssel geblieben sein?»

«Fragen Sie mal den hoffnungsvollen Sprößling», schlug Mr. Egg vor. «Es ist erstaunlich, wie oft eine solche Kleinigkeit einen Menschen zum Straucheln bringt. Wie es so schön im ‹*Handbuch des Verkäufers*› heißt: ‹Willst du als Verkäufer Erfolg haben im Leben, achte auf Details, die oft den Ausschlag geben.›»

Milchflaschen

Mr. Hector Puncheon vom *Morning Star* beendete sein Interview mit dem Herrn, der den Preis von 5000 Pfund beim Fußball-Kreuzworträtsel gewonnen hatte, und ging rasch davon. Jedoch nicht so rasch, daß er ein paar volle Milchflaschen an einem Treppenabsatz übersehen hätte. Da er gern kombinierte, zählte er sich halb bewußt die verschiedenen Möglichkeiten auf, die dieses Phänomen bedeuten konnte: ein neues Baby; ein Haus voller kleiner Kinder; ein Haus voller Katzen; Familienausflug übers Wochenende.

Hector war noch jung und begeisterungsfähig genug, um in fast allem eine «Story» zu sehen. Wer weiß, vielleicht lauerte sogar eine hinter diesen Milchflaschen. Tragödien in einsamen Häusern, die erst durch die sich anhäufenden Milchflaschen ans Licht gebracht wurden: «Der Mord in der Sauchiehall Street.» – «Der alte James Fleming, der die Milch hereinholt, während die Leiche des Dienstmädchens im Hinterzimmer liegt.» «Was der Milchmann weiß.» – Darüber ließe sich schon etwas schreiben: warum nicht?

Auf dem Wege zum Büro ließ er sich die Sache durch den Kopf gehen, und sobald er sein Kreuzworträtsel-Interview abgegeben hatte, setzte er sich hin und schrieb eine leichtbeschwingte halbe Spalte über Milchflaschen.

Der Redakteur der «Literarischen Seite», der immer Überfluß an Material hatte, beschnüffelte sie, versah sie mit ein paar Blaustiftkrakeln und schickte sie nach unten zum Redakteur der «Haus und Heim»-Seite. Dieser las sie oberflächlich durch und warf sie in einen Korb mit der Bezeichnung «Warten», wo sie drei Monate lang liegenblieb. Hector Puncheon, der sich nie viel von diesem Artikel versprochen hatte, vergaß ihn bei der Ausübung seiner täglichen Pflichten.

Eines Tages, im August, wurde die alte Dame, die den Spezialartikel für die »Haus und Heim«-Seite schrieb, von einem Bus angefahren. Der Redakteur dieser Seite, dem 400 Worte fehlten, stülpte den Inhalt der Ablage auf seinen Tisch, pickte Hector Puncheons Artikel aufs Geratewohl heraus und schob ihn dem Hilfsredakteur zu mit den Worten: «Kürzen und einschieben.»

Dieser strich den ersten und letzten Absatz, merzte Hectors literarischere Stellen aus, zog drei Sätze zu einem zusammen, wobei ihm zwei syntaktische Fehler unterliefen, wählte die erste statt der dritten Person, gab ihm einen neuen Titel und sandte ihn zum Drucker. In dieser Form erschien er am nächsten Morgen. Hector Puncheon, der seinen verstümmelten Sprößling nicht wiedererkannte, murmelte verbittert, daß jemand seine Idee geklaut habe.
Zwei Tage später erhielt der Redakteur des *Morning Star* folgenden Brief:

«Sehr geehrter Herr,
habe mit großem Interesse Ihren Artikel von einem Milchmann gelesen und möchte Ihnen mitteilen, daß da etwas Merkwürdiges auf meiner Runde ist. War noch nicht bei der Polizei, da dieselbe nicht zahlt. Mein Herr, da sind fünf Milchflaschen seit letzten Sonntagmorgen, und ein Paar ist seitdem nicht mehr gesehen worden.
Hochachtungsvoll
J. Higgins, Milchmann»

In jedem anderen Monat wäre Mr. Higgins' Brief wahrscheinlich unbeachtet in den Papierkorb gewandert, aber im August ist jede Neuigkeit willkommen. Der Chefredakteur reichte den Brief weiter an den Nachrichtenredakteur, der auf einen Klingelknopf drückte und einen Untergebenen herbeibeorderte, der wiederum durch einen Druck auf den Klingelknopf einen anderen Untergebenen herbeizitierte, der ein Namensverzeichnis der Zeitung konsultierte. Auf diese etwas umständliche Weise kehrte die Angelegenheit wieder zu Hector Puncheon zurück, der beauftragt wurde, Mr. Higgins aufzusuchen und ihm die «Story» für ein paar Shillings abzukaufen.
Mr. Higgins belieferte die Clerkenwell Road und Umgegend. Er nahm es mit Freuden auf sich, Hector Puncheon für ein kleines Entgelt die geheimnisvollen Milchflaschen zu zeigen. Er führte ihn in eine obskure Straße und verschwand in einem dunklen Eingang neben einem Gemüseladen. Sie kletterten eine düstere, baufällige, nach Katzen riechende Treppe hinauf. Ganz oben standen sie, vor einer kleinen, finsteren Tür mit

einer schmutzigen Visitenkarte, die den Namen «Hugh Wilbraham» trug: fünf Viertelliterflaschen Milch. Noch nie hatte Hector etwas Trostloseres gesehen.
Auf dem Treppenabsatz befand sich ein Fenster, das sich anscheinend nicht öffnen ließ. Ein saurer Gestank zog von unten über die enge Treppe herauf – unerträglich wie der Dunst eines Gasofens.
«Wer ist dieser Wilbraham?» erkundigte sich Hector und versuchte seinen Ekel zu unterdrücken.
«Weiß nicht», erwiderte der Milchmann. «Wohnen erst seit drei Monaten hier. Milchrechnung wurde regelmäßig jeden Sonnabend von der jungen Frau bezahlt. Äußerlich schäbig, aber sprechen anständig. Meiner Meinung nach ein bißchen heruntergekommen.»
«Wohnen nur die beiden hier?»
«Ja.»
«Wann haben Sie sie zuletzt gesehen?»
«Sonnabendmorgen, als sie bezahlte. Hatte geweint. Sind die nun auf und davon? Das muß ich wissen wegen dem Milchgeld für diese Woche. Weiß gar nicht, was ich tun soll. Die Milch war nicht abbestellt.»
«Wissen die Nachbarn nichts?» fragte Hector.
«Nicht viel. Sie sagen, daß keine Möbel herausgetragen worden sind. Das ist schon was wert. Am besten sprechen Sie mit Mrs. Bowles.»
Mrs. Bowles wohnte eine Etage tiefer und wusch für andere Leute. Nein, sie wußte auch nicht viel über die Wilbrahams. Blieben für sich. Hielten sich wohl für was Besseres. Sie hatten im letzten Juni das Zimmer unmöbliert gemietet, und sie hatte gesehen, wie die Möbel hinaufgetragen wurden: die Wilbrahams besaßen nicht einmal einen anständigen Stuhl oder Tisch. Alles Schund – der ganze Kram kaum ein paar Pfund wert. Der junge Mann war ihrer Ansicht nach ein Schriftsteller, weil er sich beklagt hatte, daß der Krach, den die jungen Bowles machten, ihn bei seiner Arbeit störte. Wenn er so empfindlich war, warum ist er dann hierhergezogen? Wie alt? Na, ungefähr dreißig. Stets mürrisch und gehässig. Sie hatte Mrs. Wilbraham – wenn es überhaupt eine Mrs. Wilbraham war – immer wieder weinen hören, wenn er mit ihr schimpfte.

Wann, fragte Hector, hatte sie die beiden zum letztenmal gesehen?
Mrs. Bowles machte ihren mageren Rücken gerade und tauschte ihr Bügeleisen gegen ein anderes aus. Es war muffig heiß im Zimmer.
«Hm», erwiderte sie, «ich weiß nicht recht, wann ich *sie* zum letztenmal gesehen habe. Sonnabendmittag rannte er nach oben, und dann hatten sie sich heftig in der Wolle. Abends traf ich ihn dann auf der Treppe, als er mit einem Koffer herunterkam. Ungefähr um sechs Uhr. Er benahm sich sehr komisch und hatte es schrecklich eilig. Hat mich beinahe umgeworfen und nicht einmal ‹Verzeihung› gesagt. Das war das letzte Mal, daß ich *ihn* gesehen habe. Bis jetzt ist er noch nicht wieder da. Sie auch nicht. Sonst hätte ich sie schon gehört. Schrecklich, wenn er nachts hin- und hergetrampelt ist und wir nicht einschlafen konnten!»
«Dann wissen Sie auch nicht, wann Mrs. Wilbraham fortgegangen ist?»
«Nein, aber fort sind sie, und meiner Meinung nach wollen die auch nicht zurückkommen. Ich sagte schon zum jungen Higgins: ‹Wenn Sie weiterhin die Milch bringen, ist das Ihre Sache.› Na ja, wenn der Krempel verkauft wird, springt vielleicht das Milchgeld raus.»
Hector dankte Mrs. Bowles mit ein paar Shillings und begab sich eine Treppe tiefer. Hier wohnte ein alter Mann, der bessere Tage gesehen zu haben schien. Er schüttelte den Kopf.
«Nein, Sir, leider kann ich Ihnen keine Auskunft geben. Es erscheint mir manchmal seltsam, wie verloren und verlassen man in dieser Wildnis London sein kann. So hat Dickens die Stadt genannt, und beim Himmel, Sir, er hatte recht. Wenn ich morgen stürbe, und meine Gesundheit ist auch nicht mehr das, was sie war, würde kein Hahn danach krähen. Früher hatte ich meinen eigenen kleinen Laden und war sehr angesehen. Aber wenn ich heute dahinginge, würde mich niemand vermissen.»
«Vielleicht der Mieteinnehmer», meinte Hector.
«Gewiß. Aber wenn er ein paarmal vergeblich käme, würde er ruhig ein paar Wochen abwarten. Dann würde er vielleicht Erkundigungen einziehen. Und natürlich auch der Mann, der die Gasmünzuhr leert. Aber das dauert manchmal lange.»

«Das stimmt», meinte Hector betroffen. Er hatte sich noch nie klargemacht, wie wenig das Einzelleben in London bedeutete.
«Dann wissen Sie also wirklich nichts über diese Wilbrahams?»
«Wenig, Sir. Besonders, seitdem ich mir gestattet habe, ein ernstes Wörtchen mit dem jungen Mann zu reden wegen der Art und Weise, wie er seine Frau behandelte.»
«War es so schlimm?»
«Ein junger Mann sollte nicht barsch zu seiner Frau sein», sagte der Alte, «denn sie hat's schwer, und Männer sind gedankenlos. Ja, davon kann ich ein Lied singen. Und sie mochte ihn gern, das konnte man ihrem Gesicht ansehen. Aber sie steckten in Schwierigkeiten, denke ich, und wenn ein Mann nicht mehr weiß, wie er das nötige Geld beschaffen soll, spricht er oft gereizt, ohne es zu wollen.»
«Wann war das?»
«Ungefähr vor einem Monat. Nicht hier. Im St.-Pankraz-Kirchhof. Im Sommer ein angenehmer Platz. ‹Du bedauerst wohl sehr, daß du mich geheiratet hast, wie?› sagte er mit einem häßlichen Lachen. Es brachte sie ganz aus der Fassung, das arme Ding. Sie merkten nicht, daß ich neben ihnen saß, bis ich mit ihm sprach.»
«Und was sagte er darauf?»
«Ich sollte mich um meine eigenen Angelegenheiten kümmern. Und er hatte ja auch recht. Es ist verkehrt, wenn man sich in Ehegeschichten einmischt, aber die junge Frau tat mir leid.»
Hector nickte. «Haben Sie am letzten Sonnabend nichts von ihnen zu sehen bekommen?»
«Nein, Sir, aber ich war den ganzen Tag nicht zu Hause.»
Der Gemüsehändler zu ebener Erde konnte Hector auch nichts verraten. Wohl hatte er Mrs. Wilbraham gelegentlich etwas Gemüse verkauft, aber er wohnte nicht im Hause. Nach einigen weiteren Erkundigungen, die zu keinem Resultat führten, gab Hector das Rennen auf. Die Sache erschien ihm zu unbedeutend. Da er jedoch immerhin Zeit und Geld darauf verschwendet hatte, mußte er etwas aufzuweisen haben. Daher verfaßte er eine kurze Notiz:

Fünf rätselhafte Milchflaschen

Was ist aus Mr. und Mrs. Hugh Wilbraham, 14B Buttercup Road, Clerkenwell, geworden? Die Tatsache, daß die Milch fünf Tage lang nicht hereingeholt worden ist, erregte die Aufmerksamkeit des Milchmanns J. Higgins, der unseren am Dienstag veröffentlichten Artikel ‹Milchflaschenrätsel› gelesen hatte. Man hat beobachtet, daß Mr. Wilbraham, angeblich ein Schriftsteller, das Haus am vergangenen Sonnabend mit einem Koffer verlassen hat. Weder er noch seine Frau, mit der er auf gespanntem Fuß leben soll, sind seitdem gesehen worden.

Der Nachrichtenredakteur, dem gerade ein halbes Dutzend Zeilen fehlte, um das Ende einer Spalte auszufüllen, reichte die Notiz dem Hilfsredakteur, der sie mit den üblichen Veränderungen in die Druckerei schickte.
Am Freitagabend brachte die Zeitung *Evening Wire*, die offenbar auf eigene Faust Erkundigungen eingezogen hatte, eine ausführlichere Version der Geschichte.

Geheimnisvolle Milchflaschen

Sechs ungeöffnete Milchflaschen vor der Tür eines Zimmers in einem Miethaus in Clerkenwell stellen ein Geheimnis mit mehreren beunruhigenden Aspekten dar. Der Raum wurde vor drei Monaten von einem angeblichen Romanschreiber und seiner Frau gemietet, die sich Mr. und Mrs. Hugh Wilbraham nannten. Er liegt im obersten Stockwerk des Hauses 14B Buttercup Road und ist seit sechs Tagen verschlossen geblieben. Von den Mietern fehlt seit Sonnabend, als Wilbraham das Haus in verdächtiger Weise mit einem Koffer verließ, jede Spur.
Ein Taxifahrer namens Hodges sagt aus, daß er am Sonnabend gegen sechs Uhr einen verdächtig aussehenden Mann mit einem Koffer gefahren habe, auf den die Beschreibung Wilbrahams paßt. Der Mann habe wild um sich geblickt und schien unter dem Einfluß von Alkohol zu stehen. Er wies Hodges an, so rasch wie möglich zum Bahnhof Liverpool Street zu fahren, und schien ganz darauf versessen, den Zug zu erreichen.

Die Nachbarn berichten, daß Mr. und Mrs. Wilbraham sich häufig gestritten hätten. Bei Gelegenheit soll der Mann geäußert haben, es sei bedauerlich, daß sie je geheiratet hätten. Als die Frau zuletzt gesehen wurde, weinte sie. Das war, als der Milchmann am Sonnabendmorgen sein Geld einkassierte.
Das Unheimlichste an diesem mysteriösen Fall ist das allmähliche Ausströmen eines unangenehmen Geruches aus dem verschlossenen Zimmer. Wie wir hören, ist die Polizei benachrichtigt worden.

Der Nachrichtenredakteur des *Morning Star* ließ Hector Puncheon zu sich kommen.
«Hier, dies ist doch Ihre Story, nicht wahr?» sagte er. «Die Leute vom *Wire* haben Sie anscheinend überflügelt. Klemmen Sie sich dahinter.»
Als Hector Puncheon sich durch die Schwüle und den Schmutz des Augustabends dahinschleppte, verspürte er keine allzu große Neigung, den dunklen Eingang zu betreten und die widerlichen Treppen emporzuklimmen. Staubige Zeitungen wirbelten ihm um die Füße, als er am Gemüseladen vorbeikam, und um den Eingang herum lungerte in halbes Dutzend Müßiggänger.
«Schrecklich», erklärte Mrs. Bowles. «Noch schlimmer als damals, als man die alte Katze unter den Dielen entdeckte, die die Gasrohrleger mit eingenagelt hatten. Ich mußte unbedingt mal frische Luft schnappen.»
«Warum schreitet die Polizei nicht ein? Das möchte ich gern wissen», mischte sich ein schlampiges Mädchen mit stark geschminktem Gesicht ein.
«Müssen erst eine Vollmacht haben, meine Liebe, ehe sie die Tür aufbrechen können. Das ist nämlich Hausfriedensbruch, und der Hauswirt . . .»
«Ich begreife nicht, wie er überhaupt an solche Leute vermieten kann.»
«Sie können gut reden. Geld behält das Feld.»
«Alles ganz gut und schön, aber man konnte es dem Kerl doch schon vom Gesicht ablesen, daß er nichts Gutes im Schilde führte.»
«Na, ich sage nur, sie kann mir leid tun.»

Hector bahnte sich einen Weg zum Eingang und nahm kühn die Treppen zum obersten Stock in Angriff. Die dumpfe Luft in dem engen Treppenschacht legte sich ihm schwer auf die Lunge, und je weiter er nach oben kam, desto schlimmer wurde es.
Der Geruch machte sich schon im ersten Stock bemerkbar, wo er sich mit den Dünsten von Katzen und Kohl vermengte. Im zweiten Stock wurde er stärker und war im dritten überwältigend. Die sechs Milchflaschen standen, sauer und verstaubt, vor der verschlossenen Tür. Hector hob die Klappe des Briefeinwurfs, um einen Blick ins Innere zu werfen. Eine Wolke von Gestank strömte ihm entgegen, ekelerregend, unerträglich. Ihm wurde übel, und er trat zurück. Ein paar fette schwarze Fliegen waren durch den Schlitz gekrabbelt und krochen träge und gesättigt über den mit Blasen bedeckten Anstrich der Tür.
«Das kann einem den Magen umdrehen, nicht wahr?» ertönte eine Stimme hinter ihm. Ein Mann war nach ihm die Treppe heraufgekommen.
«Schauderhaft», bestätigte Hector.
Plötzlich schien der schmutzige Platz um ihn zu kreisen. Da drehte er sich um und rannte hastig die Treppe hinunter auf die Straße. Zu seinem Entsetzen entdeckte er, daß eine dicke Fliege auf seinem Kragen saß.
Hector hatte genug von dieser Stätte und ging nach Haus. Aber früh am nächsten Morgen erinnerte er sich seiner Pflichten seiner Zeitung gegenüber. Komme, was da wolle, er mußte die Story haben. Also machte er sich wieder auf den Weg in die Buttercup Road.
Andrews vom *Wire* war schon an Ort und Stelle. Er grinste, als er Puncheon sah.
«Wollen Sie auch beim letzten Akt mit dabeisein?»
Hector nickte und zündete sich eine Zigarette an.
«Die Polizei ist im Anmarsch», verkündete Andrews.
In dem engen Gang wimmelte es von Menschen. Bald erschienen zwei kräftige Amtspersonen in Blau und bahnten sich mit den Schultern einen Weg.
«He», sagte der vorderste. «Was soll das? Alle raus! Weitergehen!»
«Presse», sagten Hector und Andrews wie aus einem Mund.

«Na schön», erwiderte der Polizist. «Also los, gute Frau. Wir haben die Vollmacht.»
Die Prozession trampelte nach oben. Im dritten Stock stand Mr. Higgins mit der siebenten Milchflasche in der Hand.
Die Polizisten schnüffelten mit vereinten Kräften.
«Da steckt bestimmt etwas dahinter», meinte der eine. «Heda, gute Frau, jagen Sie die Kinder fort. Das ist nichts für sie.»
Er schritt auf die Tür zu, hämmerte auf sie los und forderte das, was dahinter lag, im Namen des Gesetzes auf, zu öffnen.
Es erfolgte keine Antwort. Natürlich nicht.
«Gib mir die Brechstange.»
Der Polizist setzte die Stange am Schloß an. Es knackte. Er preßte stärker, und die Tür gab plötzlich nach. Im selben Augenblick erhob sich ein riesiger Fliegenschwarm von einem gewissen Etwas, das dicht dahinter lag.

Im Speisezimmer eines netten Hotels in Clacton lächelte ein junger Mann seiner Frau über den Frühstückstisch hinweg zu.
«Besser als Buttercup Road, nicht wahr, Helen?» meinte er.
«Einfach wunderbar. Oh, Hugh! Ich dachte, ich müßte verrückt werden in der entsetzlichen Wohnung. Haben wir nicht ein Mordsglück gehabt, daß du den Scheck bekamst?»
«Ja, gerade zur rechten Zeit. Ich wußte nicht mehr aus noch ein, altes Mädchen. Ich fürchte, ich war ein wenig grob. Töricht, sich so aufzuregen. Aber meine Nerven waren total kaputt.»
«Ich weiß, Liebster. Aber es macht nichts. Ich war genauso erledigt. Jedenfalls eine herrliche Idee, dem Milieu eine Zeitlang zu entrinnen. Weißt du, als du die Nachricht brachtest und ich losgehen konnte, um mir neue Kleider zu kaufen — oh, Hugh! das war einfach himmlisch. Das war das Schönste am Ganzen. Und als ich im Liverpool-Street-Bahnhof saß und auf dich wartete, mußte ich von Zeit zu Zeit die Pakete kneifen, um mich zu vergewissern, daß es kein Traum war.»
«Ja. Ich habe auch beinahe Kopf gestanden vor Freude. Fast habe ich den Zug verpaßt, da ich unbedingt das letzte Kapitel zu Ende bringen wollte.»
«Ich weiß. Aber du hast es doch noch geschafft.»
«Ja, aber ich muß dir etwas beichten. Ich habe glatt vergessen, die Milch abzubestellen, wie du mir aufgetragen hattest.»

«Ach, pfeif auf die Milch! Wir brauchen jetzt die Groschen nicht zu zählen.»

«Hört, hört!»

Der junge Mann schlug seine Zeitung auf. Dann platzte er beinahe vor Lachen.

«Mein Gott! Sieh dir das bloß an!»

Die junge Frau starrte auf die Überschrift.

«Hugh! Wie schrecklich! Diese gräßliche Mrs. Bowles! Und der törichte alte Mann von unten, der seine Nase in alles steckt. ‹Verdächtig aussehender Mann› – du meine Güte, Hugh! Wir können uns dort kaum wieder sehen lassen. Aber sag mal, mein Lieber, was hat das mit diesem Geruch auf sich?»

«Geruch?»

Eine tiefe Röte überzog langsam das Gesicht des jungen Mannes.

«Hugh!» sagte seine Frau. «Du hast doch wohl nicht den Schellfisch auf dem Tisch liegen lassen?»

Wer die Wahl hat . . .

Wer die einfältige Diskussion begonnen hatte, weiß ich nicht. Wahrscheinlich Timpany, der ja immer derartige Themen am Ende einer langen Angeltour anschlug. Als ich bei dem Wirt ein Boot für den nächsten Morgen bestellt hatte und wieder ins Rauchzimmer zurückkehrte, waren jedenfalls alle in voller Fahrt und bereits beim Problem des Chinesen angelangt.
Sie kennen es sicher. Wenn Sie eine Million Pfund bekommen könnten ohne böse Folgen für Sie selbst, indem Sie einfach auf einen Knopf drückten, der zehntausend Meilen entfernt einen einzigen unbekannten Chinesen elektrisch hinrichten würde — würden Sie es tun? Jeder schien sich eine Meinung gebildet zu haben, mit Ausnahme des bleichgesichtigen Fremden, der nicht mit zu unserem Kreis gehörte.
Er hatte sich bescheiden hinter ein Buch verkrochen und tat mir etwas leid, wie er da so eingepfercht saß zwischen Timpany und dessen Freund Popper, die den Weltrekord im Schwatzen halten. Der Oberst sagte, herrje, natürlich würde er auf den Knopf drücken. Zuviel verflixte Chinesen in der Welt — zuviel verdammtes Volk überhaupt.
Und ich sagte, die meisten Menschen würden ziemlich viel für eine Million tun.
Und der Pfarrer meinte (wie das nicht anders zu erwarten war), daß kein Mensch berechtigt sei, einem Mitmenschen das Leben zu nehmen. Timpany erinnerte an all das Gute, das man mit einer Million Pfund tun könne, und der alte Popper war der Ansicht, daß es von dem Charakter des Chinesen abhänge, da ja ein zweiter Konfuzius in ihm stecken könne. Danach erstreckte sich die Unterhaltung auf noch törichtere Fragen, zum Beispiel: Wenn Sie die Wahl hätten, einen kranken Landstreicher oder den Codex sinaiticus zu retten, wen würden Sie retten?
Timpany meinte, daß es natürlich leicht sei, zu sagen, daß da kein anständiger Mensch zögern würde (der Esel, der ihm das Stichwort gegeben hatte, war ich). Aber wir sollten mal an einen ähnlichen Fall denken, der sich wirklich zugetragen und so viel Staub aufgewirbelt hatte, nämlich die Geschichte mit den Davenant-Smith-Manuskripten.

Der Pfarrer erinnerte sich daran, daß Davenant-Smith bei der Erforschung der Schlafkrankheit in Bunga-Bunga ums Leben gekommen war. Ein echter Märtyrer der Wissenschaft.
«Ja», sagte Timpany, «und Davenant-Smiths Manuskripte mit all den unausgewerteten Ergebnissen wurden an seine Witwe geschickt – ein ganzer Koffer voll. Mrs. Davenant-Smith angelte sich einen gescheiten jungen Mediziner, der sie zur Veröffentlichung vorbereiten sollte. Und in derselben Nacht brach in ihrem Haus ein Feuer aus.
Da fiel auch mir die Geschichte wieder ein, und ich rief: «O ja. Ein betrunkener Butler und eine Petroleumlampe, nicht wahr?»
Timpany nickte. Es war mitten in der Nacht passiert. Ein strohgedecktes Fachwerkhaus, kein Wasser und die Feuerwehr zehn Meilen entfernt. Der junge Doktor mußte zwischen den Papieren oder dem versumpften alten Butler wählen. Er brachte die Manuskripte als erstes in Sicherheit, und als er zurückkam, um den Butler zu holen, brach das Dach zusammen.
Ich hörte, wie der Pfarrer murmelte: «Schrecklich!» Und ich sah, daß der Fremde, obwohl er eine Seite umblätterte, seine melancholischen, dunklen Augen unverwandt auf Timpany richtete.
«Es kam bei der Leichenschau ans Licht», fuhr Timpany fort. «Der junge Mediziner wurde ziemlich scharf verhört. Er erklärte, daß die Papiere von unermeßlichem Wert für die ganze Menschheit seien; hingegen sei ihm nichts Positives bekannt über den Butler.
Er erhielt einen strengen Verweis durch den Coroner und wäre wahrscheinlich in eine unangenehme Lage geraten, wenn das Feuer nicht im Schlafzimmer des Butlers ausgebrochen wäre. Unter diesen Umständen, entschied die Jury, war der Butler wahrscheinlich schon erstickt, bevor Alarm gegeben wurde.
Der junge Doktor war natürlich ruiniert. Wer holt schon einen Arzt mit derartigen Ansichten über den Wert des Menschenlebens, einen, dem ein paar tausend kranke Neger im Busch wichtiger sind als ein Butler in der Hand. Weiß nicht, was aus dem armen Kerl geworden ist. Hat wohl seinen Namen geändert und ist ins Ausland gegangen. Jedenfalls hat ein anderer die Manuskripte bearbeitet, die ja bekanntlich die Grund-

lage unseres Wissens über die Schlafkrankheit bilden. Die Davenant-Smith-Behandlung soll unzählige Leben gerettet haben. Nun, Pater, was war der junge Mediziner nun, ein Märtyrer oder ein Mörder?»

«Gott weiß es», erwiderte der Pfarrer.

«Trotzdem glaube ich, an seiner Stelle hätte ich den Butler zu retten versucht.»

«Ha!» meinte der Oberst. «Verdammt heikle Frage. Natürlich kein Verlust, der alte Saufkopf. Viel zuviel davon auf der Welt — nützen keinem was. Trotzdem scheußliche Sache, einen Menschen bei lebendigem Leibe verbrennen zu lassen ...»

«An Schlafkrankheit eingehen ist auch ziemlich unangenehm», bemerkte der Fremde. «Ich habe genug davon gesehen.»

«Was würden Sie denn sagen, Sir?» erkundigte sich der Pfarrer.

«Der junge Doktor war ein Narr», erwiderte der Fremde mit bitterem Nachdruck. «Er hätte wissen sollen, daß die Welt von Gefühlsduselei beherrscht wird. Er hat sein Schicksal verdient.»

Der alte Popper drehte sich um und musterte den Fremden nachdenklich.

«Diese Frage war verhältnismäßig einfach», bemerkte er. «Die Papiere waren wertvoll und der Butler ohne Zweifel nutzlos. Nun, *ich* könnte Ihnen von einer Sache erzählen, die wirklich problematisch war. Habe die Geschichte selbst erlebt — ist lange her. Aber jetzt — gerade jetzt — überläuft mich eine Gänsehaut, wenn ich daran denke.»

Der Oberst brummte, und Timpany sagte:

«Los, Popper, erzähle uns die Geschichte.»

«Ich traue mich nicht recht. Habe bisher nie davon gesprochen.»

«Wenn Sie uns jetzt davon erzählten», meinte der Pfarrer, «würden Sie vielleicht Erleichterung spüren.»

«Das möchte ich bezweifeln. Ich kann natürlich auf Ihre Sympathie rechnen, das weiß ich. Aber das ist vielleicht das Schlimmste.»

Der Fremde sagte etwas steif, aber mit seltsamer Begierde:

«Ich möchte sehr gern von Ihrem Erlebnis hören.»

Der alte Popper sah ihn wiederum an. Dann klingelte er nach dem Wirt und bestellte einen Doppelwhisky.

«Also gut», sagte er, nachdem er das Glas ausgetrunken hatte, «ich werde es Ihnen erzählen. Ich werde keine Namen nennen, aber Sie werden sich wohl an den Fall erinnern. Es geschah, als ich noch Schreiber in einem Rechtsanwaltsbüro war. Wir sollten die Verteidigung eines gewissen Mannes — eines Handelsreisenden — übernehmen, der des Mordes an einem Mädchen beschuldigt wurde. Das Beweismaterial gegen ihn sah ziemlich deprimierend aus, aber der Mann und sein ganzes Verhalten hatten uns von seiner Unschuld überzeugt. Wir wollten ihn natürlich freikriegen.

Die Sache kam vor den Friedensrichter, und es stand für unseren Klienten nicht zum besten. Seine Verteidigung beruhte auf einem Alibi, das er leider nicht beweisen konnte. Nach seiner Aussage hatte er sich unterwegs mit seiner Freundin gestritten und sie dann auf einer Landstraße zurückgelassen, wo sie später tot aufgefunden wurde. Anschließend war er fortgefahren, ohne auf den Weg zu achten.

Er erinnerte sich nur noch, in irgendeine Wirtschaft gegangen zu sein, wo er sich unmäßig betrank. Dann war er wieder weitergefahren, immer weiter, bis er zu einem Wald kam, wo er ausstieg und ein wenig schlief. Nach seinem Ermessen mußte er gegen drei Uhr morgens aufgewacht sein, als es noch dunkel war.

Er hatte keine Vorstellung, wo er sich befand. Aber nach vielen Irrfahrten gelangte er gegen sechs Uhr in eine Stadt, die wir Workingham nennen wollen. Seit dem Verlassen der Gastwirtschaft hatte er mit niemandem gesprochen, aber er hatte irgendwo unterwegs ein Paar Wollhandschuhe verloren. Das war der einzige Anhaltspunkt, den er uns geben konnte.

Die Polizei nahm natürlich an, daß er nach Verlassen der Wirtschaft zu seiner Freundin zurückgekehrt sei, sie erwürgt habe und dann direkt nach Workingham gefahren sei. Der Mord war erst nach Mitternacht begangen worden, wenn man sich auf die Aussage des Arztes verlassen konnte, aber trotzdem ließ ihm das reichlich Zeit, die Tat zu begehen und um sechs in Workingham zu sein. Der Fall kam vor das Geschworenengericht, und uns war sehr unbehaglich zumute, obwohl der Mann bei uns den Eindruck erweckte, daß er die Wahrheit sprach.

Nun, zwei Tage nach dem ersten Verhör erhielten wir einen Brief von einem Mann, der in einem etwa zwanzig Meilen von Workingham entfernten Dorf lebte und bereit war, uns eine Auskunft zu erteilen. Ich wurde hingeschickt, um mir den Mann anzuhören. Er gehörte der Arbeiterklasse an und sah ziemlich hinterlistig aus. Nachdem wir lange argumentiert hatten und eine Zehnshillingnote den Besitzer gewechselt hatte, gab er mehr oder weniger zu, daß er vom Wildern lebe. Nach seiner Aussage hatte er in der Mordnacht in einem Wald in der Nähe seines Dorfes Schlingen gelegt, deren eine er kurz nach zehn und die andere um ein Uhr morgens kontrolliert hatte. Er hatte dabei weder einen Mann noch einen Wagen gesehen, aber bei dem zweiten Rundgang ein Paar Wollhandschuhe neben der Schlinge gefunden. Er hatte sie mit nach Hause genommen und zu keiner Menschenseele etwas davon gesagt. Aber nach dem Lesen des Zeitungsberichtes hatte er es für seine Pflicht gehalten, sich mit uns in Verbindung zu setzen. Er machte kein Hehl daraus, daß er eine Belohnung für seine Aussage erwartete.
Er zeigte mir die Handschuhe, die der Beschreibung recht genau entsprachen, was nicht allzuviel zu sagen hatte, da sie nach der Beschreibung im Gerichtssaal für die Gelegenheit gekauft sein konnten. Aber sie waren immerhin da, und wenn sie unserem Klienten gehörten und er sie vor ein Uhr in einem Walde nahe bei Workingham verloren hatte, konnte er unmöglich achtzig Meilen entfernt um Mitternacht einen Mord begangen haben. Es war immerhin möglich, daß sie von einem seiner Bekannten oder dem Hersteller identifiziert wurden. Ich legte also die Aussage des Wilderers schriftlich nieder und nahm die Handschuhe in meinem Koffer mit mir.
In jenen Tagen hatte ich noch kein Auto und mußte die Eisenbahn benutzen. Es war eine unangenehme Reise in einem altmodischen Bummelzug. Außerdem eine dunkle Novembernacht mit dichtem Nebel und Verspätung der Züge.
Ich erinnere mich nicht an den Zusammenstoß selbst. Wir erfuhren später, daß der Londoner Expreß die Signale überfahren und uns von hinten gerammt hatte, gerade bevor wir die Weichen passierten. Ich weiß nur noch, daß mich etwas mit einem donnerartigen Getöse traf und ich, nach einer Ewigkeit,

unter einem Trümmerhaufen hervorkroch, während mir das Blut aus einer Kopfwunde in den Mund strömte. Ich hatte ein Schläfchen gehalten, die Beine auf dem Sitz, sonst wäre ich mittendurch geschnitten worden; denn ich konnte jetzt sehen, daß die drei hinteren Wagen des Bummelzuges ineinandergeschoben waren. Die Lokomotive des Expreßzuges war umgestürzt und hatte die Trümmer in Brand gesetzt. Ein regelrechtes Inferno.

Sobald mein Verstand wieder funktionierte, dachte ich an die Handschuhe. *Ich muß sie herausholen,* sagte ich mir. Aber ich konnte niemanden finden, der mir half, und die Flammen züngelten schon am Wagen hoch. Ich hatte keine Ahnung, wo der Koffer eigentlich war, aber irgendwo unter diesem Haufen verbogenen Eisens und zerbrochenen Holzes lag das Beweismaterial, das unserem Klienten das Leben retten mochte.

Ich wollte gerade danach suchen, als eine Frau meinen Arm umklammerte.

‹Mein Baby›, jammerte sie. ‹Mein kleiner Junge! Dort drinnen!›

Sie zeigte auf mein Nachbarabteil, das schon vom Feuer erfaßt war, und ich konnte das Kind beim Schein der Flammen sehen. Es lag auf der Unterseite des umgekippten Wagens, zwischen Balken eingeklemmt, die verhindert hatten, daß es zu Tode gequetscht wurde. Die Frau schüttelte mich wie eine Wahnsinnige. ‹Rasch!› keuchte sie ‹Rasch!› Mir blieb nur eins übrig: ich kletterte durch das Fenster und wühlte in den Trümmern, bis ich hinabreichen und mich vergewissern konnte, daß der Junge noch lebte.

Während ich damit beschäftigt war, konnte ich riechen und hören, wie das knisternde Feuer mein eigenes Abteil verzehrte – meinen Koffer, meine Papiere, die Handschuhe, einfach alles. Jede Minute, die ich auf die Rettung des Kindes verwandte, war ein Sargnagel für meinen Klienten. Und bitte, vergessen Sie nicht – ich war von der absoluten Unschuld des Mannes überzeugt!

Und doch war seine Chance nicht sehr groß. Die Handschuhe gehörten ihm vielleicht gar nicht. Und selbst wenn es der Fall war, vermochten sie ihn vielleicht nicht zu retten. Womöglich glaubten ihm die Geschworenen auch ohne die Handschuhe.

Das Kind dagegen lebte, und seine Mutter arbeitete wie besessen neben mir, zerrte an brennenden Planken, schnitt sich an den Fensterscherben und redete dem Kind gut zu. Was blieb mir anderes übrig? Obgleich es mir manchmal schien, als würden wir das Kind *und* das Beweismaterial verlieren.
Doch gerade als ich nahe daran war, die Hoffnung aufzugeben, kamen zwei Männer und halfen uns, und es gelang, den Jungen zu befreien. Um Haaresbreite. Seine Kleider hatten schon Feuer gefangen.
Inzwischen brannte mein Abteil lichterloh. Nichts blieb davon übrig. Als wir am nächsten Morgen die glühende Asche durchsuchten, fanden wir von meinem Koffer nur noch das Messingschloß.
Wir haben natürlich keine Mühe gescheut und den Wilddieb vor Gericht zitiert, der sich aber beim Kreuzverhör nicht sonderlich bewährte. Alles war so unbestimmt. Man kann ein Paar Handschuhe nicht mit Hilfe einer Beschreibung identifizieren, und wir konnten niemanden finden, der den Wagen in jener Nacht in der Nähe des Waldes gesehen hatte. Vielleicht gab es diesen Wagen gar nicht.
Ob zu Recht oder zu Unrecht, jedenfalls verloren wir den Prozeß. Mag sein, wir hätten ihn auch so verloren. Vielleicht war der Mann schuldig. Hoffentlich! Aber ich sehe immer noch sein Gesicht vor mir, als er seine Aussage machte; sehe immer noch den Obmann der Geschworenen, als er das Urteil verkündete und es vermied, den Gefangenen anzusehen.»
Popper brach ab und strich sich mit der Hand über die Stirn.
«Wurde der Mann gehängt?» fragte der Oberst.
«Ja», erwiderte Popper mit erstickter Stimme, «ja, er wurde gehängt.»
«Und was ist aus dem Jungen geworden?» erkundigte sich der Pfarrer.
Popper machte eine hoffnungslose Gebärde.
«Er wurde ebenfalls gehängt. Letztes Jahr. Wegen Mordes an zwei kleinen Mädchen. Ziemlich ekelhafter Fall.»
Es folgte ein langes Schweigen. Popper leerte sein Glas und stand auf.
«Aber das konnten Sie nicht voraussehen», tröstete ihn der Pfarrer.

«Nein», sagte Popper, «das konnte ich nicht voraussehen, und Sie werden bestimmt sagen, daß ich recht gehandelt habe.»
Der Fremde stand ebenfalls auf und legte Popper die Hand auf die Schulter. «Diese Dinge lassen sich nicht ändern. Ich bin der Mann, der die Davenant-Smith-Manuskripte gerettet hat, und leide auch unter Alpdrücken.»
«Ah! Aber Sie haben Ihre Schuld bezahlt», sagte Popper, «während ich ungestraft davongekommen bin.»
«Ja», sagte der andere nachdenklich, «ich habe gesühnt, und die Zeit hat mich gerechtfertigt. Man tut, was man kann. Was hinterher geschieht, geht uns nichts an.»
Als er Popper aus dem Zimmer folgte, hielt er den Kopf hoch und schritt mit neugewonnener Zuversicht.
«Das ist ja eine schreckliche Geschichte», meinte der Pfarrer.
«Ja», sagte ich, «und sie besitzt einige merkwürdige Züge. Sind Vertreter schon im Auto gereist, als Popper ein Jüngling war? Und warum hat er das Beweismaterial nicht sofort zur Polizei gebracht?»
Timpany mußte lachen.
«Popper hat natürlich an der Leichenschau über Davenant-Smiths Butler teilgenommen», erklärte er. «Er muß diesen Doktor auf den ersten Blick erkannt haben. Popper ist ein grundgütiges altes Haus, aber man darf seinen Geschichten keinen Glauben schenken. Er war heute abend ganz groß in Form, der alte Popper!»

Pfeil überm Haus

«Eins steht fest, Miss Robbins», erklärte Mr. Humphrey Podd. «Wir fassen die Sache nicht richtig an. Wir sind zu sanftmütig, zu alltäglich. Wir schreiben – das heißt, ich schreibe – eine haarsträubende, Gänsehaut erzeugende, blutrünstige Geschichte, dazu bestimmt, steinäugige Gorgonen in ihrem Schlummer zum Heulen zu bringen. Und was tun wir damit?»
Miss Robbins zog die letzte Seite von «*Die Zeit wird kommen*» von Humphrey Podd aus der Maschine und blickte ihren Arbeitgeber schüchtern an.
«Wir schicken sie zum Verleger», wagte sie zu bemerken.
«Ja», wiederholte Mr. Podd bitter, «wir schicken sie zum Verleger. Aber wie? In braunes Papier gewickelt, mit einem unterwürfigen Begleitbrief, in dem wir um seine gütige Aufmerksamkeit bitten. Schenkt er ihr seine Aufmerksamkeit? Liest er sie überhaupt? Nein! Sechs Monate läßt er sie in einem staubigen Korb liegen und sendet sie dann mit geheuchelten Dankes- und Höflichkeitsfloskeln zurück.»
Unwillkürlich blickte Miss Robbins auf eine Schublade, in der solche Totgeburten wie «*Mordehe*», «*Der tödliche Elefant*» und «*Die Nadel der Nemesis*», von vielen Reisen stark mitgenommen, begraben lagen. Tränen standen ihr in den Augen; denn wenn der Himmel ihr auch den Verstand versagt hatte, so liebte sie doch ihre Arbeit als Schreibhilfe und hegte außerdem eine heimliche und leidenschaftliche Zuneigung zu Mr. Podd.
«Vielleicht ein persönlicher Besuch?» schlug sie vor.
«Zwecklos», erklärte Mr. Podd. «Die Burschen sind nie zu sprechen. Nein. Wir müssen uns an den Reklamefritzen ein Beispiel nehmen – Nachfrage schaffen, Erwartungen wecken. Mit anderen Worten: einen Feldzug planen.»
«Oh, ja, Mr. Podd?» hauchte sie.
«Wir müssen modern, dynamisch, seelenerschütternd wirken», fuhr der Verfasser fort. Er fegte die blonde Locke aus der Stirn, die so trainiert war, daß sie ihm in eindrucksvollen Momenten in die Augen fiel, und setzte die Miene eines Napoleon auf. «Wer soll unsere Zielscheibe sein? Nicht Sloop – der ist zu wohlgenährt. Nichts könnte diesen Fettwanst erschüttern. Auch nicht Gribble & Tape – sie sind beide tot, und ein Direkto-

rium läßt sich nicht aus der Fassung bringen. Horace Pincock ist verletzbar, aber ich möchte lieber in einer Dachstube hokken, als ein Horace-Pincock-Autor werden.» (Es bestand keine Aussicht, daß Mr. Podd je am Hungertuche nagen würde, denn er bekam einen reichlichen Zuschuß von seiner verwitweten Mutter, aber die Redensart klang gut.) «Ich glaube, wir konzentrieren uns auf Milton Ramp. Für einen Verleger ist er intelligent und vorwärtsstrebend und, wie ich von meinen Freunden höre, sehr empfindlich. Besorgen Sie mir eine breite Feder, scharlachrote Tinte und etwas von dem widerlichen, leuchtend grünen Papier, das man bei Woolworth kaufen kann.»

«Oh, ja, Mr. Podd», hauchte Miss Robbins.

Der Feldzug gegen Mr. Milton Ramp begann an diesem Tage mit einer smaragdgrünen Sendung, die die Aufschrift «Streng vertraulich» trug. Inwendig standen nur die in scharlachroter Tinte und Riesenbuchstaben ausgeführten Worte: «DIE ZEIT WIRD KOMMEN!» Miss Robbins steckte dies in einen Briefkasten des West Central-Postamtes.

«Alle müssen von verschiedenen Stellen abgesandt werden», erklärte Mr. Podd, «um eine Entdeckung zu vermeiden.»

Die zweite Botschaft (in der Shaftesbury Avenue eingeworfen) hatte keinen Wortlaut; sie bestand nur aus einem ungeheuren purpurnen Pfeil mit einem bösartigen Widerhaken. Die dritte Sendung (Stempel Fleet Street) zeigte wieder den Pfeil mit der mysteriösen Überschrift: «Der Pfeil der Zeit – sein Ziel ist Untergang und Verderben.» Die vierte verlieh dieser dunklen Bemerkung Nachdruck durch ein Zitat aus Mr. Podds neuestem Werk: «Der Untergang mag anscheinend in weiter Ferne liegen, aber – DIE ZEIT WIRD KOMMEN!» An dieser Stelle kam das Wochenende dazwischen, und Mr. Podd ruhte sich auf seinen Lorbeeren aus. Den Sonntagvormittag verbrachte er damit, auserlesene Brocken aus seinem Roman herauszupikken, der sich vortrefflich für diese Kampagne eignete, da es sich hier um einen zu Unrecht verurteilten und daher sehr aufgebrachten Herrn handelte, der seine restlichen Jahre mit langatmigen Drohungen und Racheakten ausfüllte. Am Sonntagabend brachte Mr. Podd seinen nächsten Brief eigenhändig zur Post. Er enthielt einen Auszug aus Kapitel IV, wo der Held in einer großartigen Szene seinem Widersacher trotzt:

«So schuldbeladen können Sie nicht ewig der Sühne entrinnen. Die Wahrheit soll siegen. DIE ZEIT WIRD KOMMEN!»
Am Montag beunruhigte ihn der Gedanke, daß Mr. Ramp das Ganze als Scherz auffassen könnte. Deshalb schrieb er:
«Noch lachen Sie – aber DIE ZEIT WIRD KOMMEN, da Sie auf mich hören werden! – siehe Disraeli.»
Dies gefiel ihm. Dann sah er, wie Miss Robbins einen Brief in den Papierkorb warf.
«Nur ein Reklameschreiben, Mr. Podd», erklärte Miss Robbins.
«Mädchen!» rief Mr. Podd, «Sie erschrecken mich! Wenn sich nun unser dickfelliger Ramp durch einen Wall von Frauen wie Sie geschützt hat, was dann? Vielleicht hat er unsere wohldurchdachten, nervenerschütternden Ergüsse überhaupt nicht zu Gesicht bekommen!»
Daher gab er ihr den Auftrag, Ramps Behausung ausfindig zu machen. Das war keine schwierige Aufgabe, denn Mr. Ramps Privatadresse stand ganz offen im Telefonbuch, und der nächste Brief wanderte aus einem Briefkasten in Piccadilly dorthin:
«Nemesis sitzt auf dem zerstörten Herd. DIE ZEIT WIRD KOMMEN!»
Dies stand unter einem Zifferblatt, dessen pfeilförmige Zeiger auf halb zwölf wiesen.
«Wir werden die Zeiger jeden Tag um fünf Minuten vorrükken», sagte Mr. Podd. «Nach einer Woche muß der Bursche uns aus der Hand fressen. Es heißt ja immer: Reklame macht sich bezahlt. Sollen wir da nicht auf einen Vorschuß anspielen? Fünfhundert Pfund wären doch mäßig für ein Buch von dieser Qualität, aber diese Burschen sind alle zugeknöpfte Geizhälse. Sagen wir daher zunächst einmal zweihundertfünfzig.»
«Davon steht nichts in ihrem Roman», wandte Miss Robbins ein.
«Nein. Ich wollte Jeremy Vanbrugh nicht zu einem Erpresser stempeln. Das Publikum kann zwar einen ehrlichen Mörder ins Herz schließen und hat nichts dagegen, wenn der Detektiv ihn am Ende laufen läßt. Aber ein erpresserischer Mörder muß gehängt werden. Das verlangen die Spielregeln.»
«Aber wird Mr. Ramp uns nicht für Erpresser halten, wenn wir Geld verlangen?»
«Das ist etwas anderes», entgegnete Mr. Podd. «Wir bitten

nur um das uns zustehende Honorar. Das wird auch seine Meinung sein, wenn er das Buch sieht. Schreiben wir also: ‹Eine Anzahlung von 250 Pfund –›, nein, zum Donnerwetter! Das klingt zu sehr nach Ratenzahlung. Eine Sekunde. ‹Ich bitte *jetzt* nur um 250 Pfund – aber DIE ZEIT WIRD KOMMEN, da Sie mehr zahlen werden . . .›, nein: ‹den vollen Preis zahlen werden.› Das klingt präziser. Wir beglücken seine beiden Adressen damit.»

Er schrieb die Briefe und diktierte das erste Kapitel eines neuen Romans.

«Oh, Sie haben so viele wundervolle Ideen, Mr. Podd!»

«Vielen Dank, Miss Robbins», sagte Mr. Podd herablassend, «Sie sind eine gute Seele. Ich weiß nicht, was ich ohne Sie anfangen sollte.»

Mr. Podd nahm seinen Lunch mit einem literarischen Freund namens Gamble ein. Er mochte Gamble nicht besonders gern, da dieser zu den Leuten gehörte, die durch einen winzigen Erfolg ganz verdorben werden. Gambles Roman «*Verschwendete Scham*» hatte durch einen glücklichen Zufall eine gewisse Popularität erlangt, und die Beweihräucherung war ihm zu Kopfe gestiegen. Er war häufig bei Verlegergesellschaften zu sehen, hatte bei einem literarischen Dinner eine witzige Rede vor einem Mitglied des Königshauses gehalten und bildete sich jetzt ein, jede Persönlichkeit der Verlagswelt genau zu kennen. Man konnte es sich nicht leisten, Gamble zu ignorieren, aber er stellte seine Freunde auf eine harte Probe. Humphrey Podd freute sich schon auf den Tag, wo er seinerseits Gamble gönnerhaft behandeln konnte.

«Sieh mal einer an!» sagte Gamble. «Dort sitzt Ramp. Der Mann steht nahe vor einem Zusammenbruch. Hat den Tatterich. Das siehst du seinem Gesicht schon an.»

Mr. Podd blickte den Verleger an. Er sah ein dünnes, bekümmertes Gesicht und ein Paar nervöser Hände, die unaufhörlich an einem Brötchen zupften.

«Warum?» fragte Mr. Podd. «Er steht doch ganz gut da. Seine Bücher haben einen flotten Absatz, nicht wahr?»

«Oh, geschäftlich ist alles in Ordnung. Wenn du ihm etwas anvertrauen willst, kannst du es ruhig riskieren. Nein – es

geht um etwas ganz anderes. Sag's nicht weiter, aber es sollte mich nicht überraschen, wenn in Kürze der häusliche Ballon explodieren würde.»
«Der häusliche Ballon explodieren?» wiederholte Mr. Podd.
«Na ja – aber ich sollte nicht darüber sprechen. Ich weiß es nur zufällig, das ist alles. So etwas spricht sich herum.»
Mr. Podd hätte brennend gern mehr erfahren. «Na, wenn die Firma in Ordnung ist», meinte er, «das ist die Hauptsache. Das Privatleben des Burschen geht mich nichts an.»
«Privatleben – ha!» sagte Gamble geheimnisvoll. «Nach allem, was ich höre, wird es nicht mehr lange privat sein. Wenn einige der Briefe vor Gericht kommen – du meine Güte!»
«Briefe?» fragte Mr. Podd interessiert.
«Donnerwetter! Das hätte ich nicht erwähnen dürfen. Es wurde mir im tiefsten Vertrauen erzählt. Schwamm drüber, altes Haus!»
«Aber gewiß», versprach Humphrey Podd, ärgerlich über sich selbst und über Gamble.

«Er spitzt allmählich die Ohren», verkündete Mr. Podd Miss Robbins und wiederholte ihr Gambles Unterhaltung.
«Oh, Mr. Podd!» rief Miss Robbins und spielte nervös mit dem Farbband, «er wird doch nicht etwa ... ich meine, man kann nie wissen. Vielleicht ist er wütend ...»
«Er wird alles vergessen, sobald er mein Buch sieht.»
«Ja, aber ich meine, er hat sich vielleicht etwas zuschulden kommen lassen. Vielleicht bekommt er es mit der Angst. Sie halten mich sicher für schrecklich töricht.»
«Keineswegs, Miss Robbins.»
«Nun, ich meine, wenn es ein dunkles Geheimnis in seiner Vergangenheit geben sollte ...»
«Das wäre ein Gedanke!» rief Mr. Podd erregt. «Eine Sekunde – eine Sekunde! Miss Robbins, Sie haben mich auf die Idee für ein neues Buch gebracht. Notieren Sie. Titel: ‹*Ein Schuß ins Blaue*›. Nein, das gibt's, glaube ich, schon. Ich hab's: ‹*Ein Pfeil überm Haus*›. Zitat aus *Hamlet:* ‹Daß ich meinen Pfeil über das Haus geschossen und meinen Bruder verletzt habe.› Entwurf. Beginnen Sie: Jemand – nennen wir ihn Jones – schreibt Drohbriefe an, sagen wir mal, Robinson. Jones meint

es nur im Scherz, aber Robinson bekommt einen tödlichen Schreck, weil er tatsächlich, sagen wir mal, jemanden ermordet hat. Nehmen wir eine Frau – weibliche Opfer sind beliebter. Robinson begeht Selbstmord, und Jones wird wegen Erpressung und Mord verfolgt. Ich bin nicht sicher, ob es als Mord gilt, wenn jemand einen anderen durch Erschrecken in den Tod treibt, aber wahrscheinlich. Erpressung ist ein schweres Verbrechen, und wenn man bei Ausübung eines schweren Verbrechens jemanden zufällig tötet, so ist das Mord. Ha, diese Idee von mir ist gut! Vernichten Sie ‹*Die Leiche in der Kloake*› – habe nie viel davon gehalten. Wir wollen dies sofort in Angriff nehmen. Als Detektiv wählen wir am besten wieder Major Hawke. Wenn die Leser ihn nach dem Roman ‹*Die Zeit wird kommen*› ins Herz geschlossen haben, wollen sie ihm wieder begegnen. Hawke deckt die Sache mit den Briefen auf, obwohl sie von verschiedenen Gegenden abgeschickt worden sind ...»

Hier stieß Miss Robbins, deren Bleistift wie trunken über das Papier raste, einen kleinen Schrei aus.

«Hawke entdeckt natürlich den Ursprung des Papiers, der Tinte und so weiter. Wir wollen einen Daumenabdruck auf einem der Umschläge annehmen. Nicht von Jones – von seiner Verlobten, die die Briefe für ihn zur Post getragen hat. Sie ist ein gutes Mädchen, steht aber hoffnungslos unter seinem Einfluß. Wir verheiraten sie am besten zum Schluß mit einem netteren Menschen. Nicht Major Hawke – jemand anders. Wir erfinden noch einen anständigen Kerl für sie. Mir schwebt da eine gute Szene vor, in der sie das Beweismaterial verbrennt, während die Polizisten an die Tür hämmern. Wir müssen natürlich darauf achten, daß sie etwas vergißt, sonst würde Jones ja nicht geschnappt werden. Und dann die Szene vor Gericht – die wird fabelhaft ...!

«Oh, Mr. Podd! Wird man den armen Jones hängen? Ich meine, es erscheint mir sehr hart, wo er es doch nur aus Spaß getan hat.»

«Das ist ja gerade die Ironie», erklärte Mr. Podd mit grausamer Kälte. «Immerhin sehe ich, was Sie meinen. Das Publikum will ihn gerettet wissen. Nun, da verwandeln wir ihn eben in einen schlechten Charakter, in einen Mann, der Frauenherzen zertrampelt und über ihre Qualen lacht. Alle wirklichen Verbrechen begeht er ungestraft, und dann – das ist die Ironie – fällt er bei einem harmlosen Scherz herein. Notieren Sie: ‹Jones hat einmal zuviel gelacht.› Muß einen besseren Namen finden als Jones. Lester klingt ganz gut. Jeder nennt ihn den ‹lachenden Lester›. Blond, lockiges Haar – notieren Sie das – aber die Augen zu dicht beieinander, ha, das geht ja wie geschmiert!»

«Und dieser Brief an Mr. Ramp», begann Miss Robbins, sobald der Entwurf erfolgreich skizziert war. «Vielleicht möchten Sie ihn lieber nicht absenden?»

«Nicht absenden?» wiederholte Mr. Podd erstaunt. «Er ist doch wunderbar. ‹DIE ZEIT WIRD KOMMEN – und es ist schon später, als Sie denken.› Natürlich wird er abgesandt. Ramp muß aufgerüttelt werden.»

Miss Robbins schickte den Brief gehorsam ab – wobei sie jedoch Handschuhe trug.

Erst als die Zeiger auf Mr. Podds Zifferblatt 11.45 erreicht hatten und die Botschaft lautete: ‹Morgen, morgen und wieder morgen›, kam ihm der Gedanke, die Reaktion seines Opfers persönlich zu testen, und zwar genau um 11.45 in Piccadilly Circus. Mit einem heiseren Gelächter, das die Blicke der Passanten auf ihn lenkte, stürzte er Hals über Kopf die Treppe zur Untergrundbahn hinab und dort in eine Telefonzelle, wo er sich mit Mr. Ramps Büro verbinden ließ.

Eine weibliche Stimme verkündete, daß Mr. Ramp nicht zu sprechen sei, und erkundigte sich nach dem Namen des Anrufenden. Mr. Podd war darauf vorbereitet und erwiderte, es handle sich um eine streng vertrauliche und sehr dringende Angelegenheit, außerdem könne er seinen Namen nur Mr. Ramp enthüllen. Das Mädchen schien weniger überrascht und weniger unbeugsam, als er erwartet hatte. Sie verband ihn mit Mr. Ramp. Eine scharfe, gequälte Stimme sagte: «Ja? Ja? Wer ist dort?»

Mr. Podd senkte seine von Natur aus ziemlich hohe Stimme zu einem eindrucksvollen Krächzen.

«DIE ZEIT WIRD KOMMEN!, sagte er. Es folgte eine Pause.

«Wie bitte?» fragte die scharfe Stimme gereizt.

«DIE ZEIT WIRD KOMMEN», wiederholte Mr. Podd. Dann

fügte er, von einer plötzlichen Inspiration getrieben, hinzu: «Sollen wir die Abzüge an den Staatsanwalt senden?»
Wieder trat eine Pause ein. «Ich weiß gar nicht, wovon Sie reden. Wer ist eigentlich am Apparat?»
Mr. Podd lachte teuflisch und legte den Hörer auf.
«Und warum nicht?» sagte Mr. Podd später zu Miss Robbins. «Man schickt dauernd Probeabzüge an Premierminister und Literaturkritiker. Die Meinung des Staatsanwalts dürfte ebenso gut sein wie die der anderen. Notieren Sie das.»
Zwei Tage verstrichen. Die tägliche Botschaft enthielt nur noch das ominöse Wort: «Morgen». Mr. Podd diktierte drei Kapitel von *«Ein Pfeil überm Haus»* hintereinander weg und ging mit einem Freund in eine Teestube, nachdem er Miss Robbins beauftragt hatte, das Manuskript von *«Die Zeit wird kommen»* einzupacken und per Post an Mr. Milton Ramp zu schicken.
Es war ein rauher, nebliger Tag. Außerdem kalt — Miss Robbins schürte den Ofen in Mr. Podds Studio, um ihre steifen Finger zu wärmen. Als sie mit dem Manuskript auf die Straße trat, zitterte sie vor Kälte und zog sich den Pelz fester um den Hals.
Auf dem Weg zur Post kam sie an dem Zeitungsverkäufer an der Ecke vorbei. Die rote Schrift seiner Plakate zog Miss Robbins' Aufmerksamkeit an. Mit plötzlich klopfendem Herzen las sie: «LONDONER VERLEGER ERSCHOSSEN.»
Das Manuskript glitt ihr aus der Hand. Hastig hob sie es auf, fummelte in ihrer Tasche nach einem Geldstück und kaufte sich das *Evening Banner.* Sie schlug die Zeitung auf, und da stand es:

> Mr. Milton Ramp, der bekannte Verleger, wurde heute in seinem Büro erschossen aufgefunden, als seine Sekretärin vom Lunch zurückkam. Ein abgefeuerter Revolver lag neben ihm auf dem Boden. Mr. Ramp soll in letzter Zeit durch häusliche Schwierigkeiten und den Empfang anonymer Briefe beunruhigt worden sein.

Das Manuskript unter Miss Robbins' Arm schien zu ungeheurer Größe anzuschwellen. Sie blickte auf und sah das Auge des Zeitungsverkäufers auf sich gerichtet — ein unnatürlich helles

Auge wie das eines Habichts. Es erinnerte sie an das Kapitel in «*Mordehe*», wo Major Hawke sich als Zeitungsverkäufer verkleidet hatte, um ein verdächtiges Haus zu beobachten. Sie eilte ins Studio zurück. Als sie die Haustreppe hinaufstürzte, blickte sie nervös über ihre Schulter. Im Nebel sah sie die trüben Umrisse einer massigen Gestalt, die auf der anderen Seite des Platzes dahinschritt. Sie trug einen Helm und ein Regencape.

Humphrey Podds Atelierwohnung lag im obersten Stock. Miss Robbins lief wie ein Wiesel alle drei Treppen hinauf, suchte Deckung und schloß die Tür hinter sich zu. Dann schielte sie durch die Vorhänge und sah, wie der Polizist mit dem Zeitungsverkäufer redete.

Gott sei Dank, dachte Miss Robbins, daß ich das Manuskript nicht abgeschickt habe! Sie riß die braune Hülle ab und warf stöhnend den Begleitbrief und das Titelblatt des Manuskripts ins Feuer. Dann saß sie zitternd da. Aber nicht lange. Da war ja noch der Durchschlag. Und ihr Stenogramm. Und die Geschichte selbst trug das unverkennbare Gepräge von Humphrey Podds Urheberschaft.

Miss Robbins blickte abermals aus dem Fenster. Der Polizist kam auf das Haus zu, blieb davor stehen und sah zu den Fenstern empor. Mit einem Schrei des Entsetzens stürzte Miss Robbins zum brennenden Ofen und stopfte das Manuskript hinein – Original – Durchschlag – Stenogrammblock – was war sonst noch da? Das Heft für die Entwürfe, das mußte auch verschwinden. Ihre Hände zitterten, als sie die Seiten herausriß. Oh, und beinahe hätte sie das belastendste Beweisstück vergessen: das grüne Papier. Verzweifelt speiste sie die leckenden Flammen damit und schleuderte der Gründlichkeit halber auch die Feder und das Tintenfaß hinterher. Dann häufte sie frische Kohlen und Koks darauf.

Sie stand noch mit glühenden Wangen über den Ofen gebeugt, als sie Schritte auf der Treppe vernahm. Sofort stürzte sie an die Schreibmaschine und hämmerte nervös auf den Tasten herum. Eine Hand raspelte am Türgriff. Dann wurde ein Schlüssel ins Schloß gesteckt, und Mr. Podd trat ein.

«Was, Sie sind hier?» fragte er erstaunt. «Was machen Sie denn bei verschlossener Tür? Hören Sie mal, es ist etwas ver-

dammt Ärgerliches passiert! Ramp, dieser Esel, hat sich eine Kugel durchs Gehirn gejagt, wenn er je eins besessen hat, und unsere ganze Reklameaktion ist für die Katz. Wir müssen wieder von vorn anfangen.»
«Oh, Mr. Podd, ich bin so froh, daß Sie hier sind. Als ich den Polizisten sah, fürchtete ich, er würde Sie verhaften, und ich wußte nicht, wo ich Sie erreichen konnte, um Sie zu warnen.»
«Kein Wunder, daß Ramp etwas blaß um die Nase war», fuhr Mr. Podd fort, ohne sie zu beachten. «Seine Frau hat sich mit einem anderen Mann eingelassen. Ramp hat Wind davon bekommen durch einige anonyme Briefe von einem entlassenen Dienstboten. Gestern abend gab es einen fürchterlichen Auftritt, und seine Frau ist getürmt. Und nun hat sich dieser Dummkopf erschossen. Ich habe mir diesen Gamble gekapert und die ganze Geschichte aus ihm herausgelotst. Hätte es mir auch früher sagen können, verdammt noch mal! Hat jetzt keinen Zweck mehr, etwas dorthin zu senden. Hoffentlich haben Sie das Manuskript noch nicht abgeschickt. Wenn ja, dann müssen wir es uns wieder holen und versuchen, es bei Sloop anzubringen. Aber was haben Sie denn, Miss Robbins?»
«Oh, Mr. Podd!» heulte Miss Robbins, «ich dachte ... oh, Mr. Podd, ich habe die Manuskripte verbrannt!»
Polizist E 999 wandte sich zögernd zum Gehen. Irgend jemand im Souterrain kochte Spaghetti, und der Geruch zog ihm tröstlich in die Nase. Er hoffte, daß ihn zu Hause auch etwas so Gutes erwartete. Als er auf dem Gehsteig entlangschlenderte, hörte er plötzlich einen Krach und das Klirren von Glas, und eine Schreibmaschine segelte aus einem oberen Fenster dicht an seinem Helm vorbei.
«Nanu!» sagte Polizist E 999.
Ein lauter Schrei folgte. Dann rief eine schrille weibliche Stimme: «Hilfe! Hilfe! ich werde ermordet!»
«Mein Gott!» sagte der Polizist. «So etwas muß ausgerechnet passieren, wenn ich zum Essen gehen will.»
Er kletterte die Stufen empor und klopfte mit Donnergepolter an die Tür.

Strupps

Das Tor, auf dessen abgeschuppter, verblichener Oberfläche der Name «Strupps» in dem trüben Licht soeben zu entziffern war, fiel klappend ins Schloß, was bei den durchnäßten Lorbeerbüschen einen Sprühregen auslöste. Susan Tabbit stellte den schweren Koffer hin und betrachtete durch den Regenschleier hindurch das kleine Haus.

Es war ein merkwürdiges, schiefes, buckeliges Gebäude, das hinter seinen eigenen Hecken zu horchen schien. Seine Schornsteine — an jedem Dachende einer — hoben sich von dem wässerigen Lichtstreifen im Westen wie zwei gespitzte, intensiv lauschende Ohren ab. Diese Wirkung wurde durch die blinde Fassade noch verstärkt.

Susan zitterte ein wenig und dachte sehnsüchtig an den hellen Omnibus, den sie am Fuß des Hügels verlassen hatte. Der Schaffner war offenbar ebenso überrascht gewesen wie der Gepäckträger am Bahnhof, als sie ihr Ziel nannte. Sie hatte den Eindruck gehabt, als wollte er etwas sagen, und sie wünschte, sie hätte den Mut aufgebracht, sich näher zu erkundigen. Strupps. Ein merkwürdiger Name. Ihre verheiratete Schwester hatte mißbilligend die Lippen gespitzt, als sie ihr die Adresse gab: Susan Tabbit bei Mrs. Wispell, Strupps, Roman Way, Bodcaster, und bekennen mußte, daß sie die Stelle ohne Besichtigung angenommen hatte.

Nun lag das Haus vor ihr, unnahbar, gleichgültig, aber auf der Lauer. Kein Haus sollte so aussehen. Sie hatte recht dumm gehandelt, aber ihrer Schwester war offensichtlich viel daran gelegen, sie aus dem Hause zu bekommen. Da die zahlreiche Familie ihres Schwagers erwartet wurde, war für sie kein Platz mehr. Außerdem war sie knapp bei Kasse. Sie hatte es sich so angenehm im Hause Strupps vorgestellt: Haus- und Stubenmädchen bei dreiköpfiger Familie. Diener und Köchin, ein Ehepaar, vorhanden. Bei ihrer letzten Stelle war sie die einzige Hilfe in einer achtköpfigen Familie gewesen, und sie hatte sich daher auf einen leichten Posten gefreut.

Susan nahm ihren Koffer wieder auf und schleppte ihn über den nassen Kiesweg zwischen viereckigen Rasenflächen mit leeren Blumenbeeten und dichten Gebüschgruppen. Dann folgte sie einem Pfad zur Rechten, der an der Hausfront mit ihren dunklen, abstoßenden Fenstern entlangführte. Der Weg an der Seite des Hauses war ebenso dunkel wie der andere. Zu ihrer Linken konnte sie die Umrisse einer hohen Glastür erkennen und zu ihrer Rechten eine Blumenrabatte, wo die an Stäben befestigten Blechschilder verlassen baumelten, und dahinter einen von hohen Bäumen eingeschlossenen Rasen. Durch eine quietschende Tür gelangte sie in einen kleinen, gepflasterten Hof, über den aus einem erleuchteten Fenster ein schmaler Lichtstreifen fiel.

Sie versuchte in dieses Fenster zu blicken. Aber eine Gardine verhüllte die untere Hälfte. Sie konnte nur die niedrige, mit schwarzen Balken durchzogene Decke sehen, an der eine Petroleumlampe hing. Nicht weit vom Fenster fand sie eine Tür und klopfte.

Beim ersten Schlag des altmodischen eisernen Klopfers ertönte wütendes, anhaltendes Hundegebell. Sie wartete klopfenden Herzens, aber niemand erschien. Nach einer Weile faßte sie Mut, den Klopfer noch einmal in Bewegung zu setzen. Diesmal schien sich etwas zu rühren. Das Bellen hörte auf. Sie vernahm, wie der Schlüssel umgedreht und der Riegel zurückgeschoben wurde. Dann öffnete sich die Tür, und eine massige Gestalt verwehrte ihr den Eintritt ins Haus.

«Wer sind Sie?»

Eine Stimme, wie Susan sie noch nie gehört hatte: rauh, heiser und geschlechtslos, wie die Stimme eines Erstickenden.

«Mein Name ist Tabbit – Susan Tabbit.»

«Ach, das neue Mädchen!» Es folgte eine Pause, als ob man sie auf Herz und Nieren prüfen wollte.

«Kommen Sie herein.»

Die dunkle Masse wich zurück, und Susan trat mit ihrem Koffer über die Schwelle.

«Mrs. Wispell hat doch sicher meinen Brief bekommen, in dem ich ihr meine Ankunft mitteilte?»

«Ja, aber man kann nie vorsichtig genug sein. Das ist ein abgelegenes Haus. Ihren Koffer können Sie für Jarrock stehen lassen. Hier links ist die Küche.»

Susan betrat die Küche, einen niedrigen, nicht sehr großen Raum, und stellte mit Befriedigung fest, daß ein gutes Feuer im Kamin brannte. Eine Reihe glänzender Kupferpfannen über dem Sims strahlte eine beruhigende Wirkung aus. Hinter sich hörte sie wieder die scharrenden Geräusche des Riegels und des Schlüssels. Dann nahte ihre Kerkermeisterin – warum sprang ihr das Wort unaufgefordert in den Sinn? – und trat zum erstenmal ins Licht.

Der Eindruck war überwältigend. Das flache, weiße, breite Gesicht, der wogende Busen, der gewaltige Umfang der weißbeschürzten Hüften schienen den Raum auszufüllen. Dann vergaß sie alles andere über dem Schock der Entdeckung, daß die kolossale Frau obendrein noch schielte.

Es war kein gewöhnliches Schielen. Das linke Auge war so weit nach innen gedreht, daß die Hälfte der Iris unsichtbar war, was dieser Seite ihres Gesichts ein listiges, boshaftes Aussehen verlieh. Das andere Auge war klein, dunkel und glänzend und heftete sich scharf auf Susan.

«Ich bin Mrs. Jarrock», sagte die Frau mit ihrer seltsamen Stimme.

Es erschien Susan unverständlich, wie jemand, der nicht gerade blind und taub war, eine derart entstellte und wie ein Rabe krächzende Frau heiraten konnte. «Guten Abend», sagte sie und streckte zögernd die Hand aus, die von Mrs. Jarrocks dikker Pranke mit einem unerwartet harten, männlichen Griff umschlossen wurde.

«Sie trinken gewiß gern eine Tasse Tee, ehe Sie sich umziehen», sagte Mrs. Jarrock. «Sie können doch servieren?»

«Oh, ja, das bin ich gewohnt.»

«Dann beginnen Sie am besten gleich heute abend. Jarrock hat alle Hände voll zu tun mit Mr. Alistair, der wieder mal seinen schlechten Tag hat. Wir waren beide oben. Deswegen mußten Sie warten.» Wieder blickte sie das Mädchen durchbohrend an, und das Schielauge rollte unkontrollierbar in seiner Höhle. Sie wandte sich ab, um den Kessel vom Herd zu nehmen, und Susan konnte sich nicht von der Vorstellung befreien, daß das linke Auge sie immer noch aus seinem Versteck hinter der flachen Nase der Köchin anschielte.

«Hat man es hier gut?» fragte Susan.

«Oh, es ist ganz erträglich», erwiderte Mrs. Jarrock. «Man darf nur nicht nervös sein. *Sie* kümmert sich nicht viel um den Haushalt, aber das ist unter den Umständen nicht anders zu erwarten, und *er* ist ganz friedlich, wenn man ihm nicht in die Quere kommt. Mit Mr. Alistair haben Sie nichts zu tun, das ist Jarrocks Sache. Hier ist Ihr Tee. Ob Jarrock wohl . . .»

Sie brach ab und neigte den großen Kopf zur Seite, als ob sie auf etwas horchte, das oben vor sich ging. Dann eilte sie durch die Küche, mit einem für eine so schwerfällige Frau überraschend leichten Schritt, und verschwand in der Dunkelheit des Flurs. Die ängstlich lauschende Susan glaubte ein Stöhnen und das Getrappel von Füßen über der Balkendecke zu vernehmen. Nach wenigen Minuten kehrte Mrs. Jarrock zurück, nahm den Kessel vom Feuer und reichte ihn einer unsichtbaren Person im Flur. Es folgte ein längeres Geflüster. Dann erschien Mrs. Jarrock wieder und begann Toast mit Butter zu bestreichen.

Susan aß ohne Appetit. Sie war hungrig gewesen, als sie aus dem Bus stieg, aber die Atmopshäre des Hauses bedrückte sie. Sie hatte gerade eine zweite Scheibe Toast abgelehnt, als sie merkte, daß jemand die Küche betreten hatte.

Es war ein großer, kräftig gebauter Mann, aber er stand an der Tür, als sei er mißtrauisch oder schüchtern. Als Susan den Kopf zur Tür wandte, drehte Mrs. Jarrock sich ebenfalls um.

«Da bist du ja, Jarrock. Hier, trink deinen Tee.»

Daraufhin schlich der Mann seitwärts wie eine Krabbe an der Wand entlang und kam auf diese merkwürdige Weise schließlich zur anderen Seite des Feuers, wo er mit abgewandtem Kopf stehenblieb und Susan aus den Augenwinkeln anblickte.

«Dies ist Susan», erklärte Mrs. Jarrock. «Hoffentlich gewöhnt sie sich gut ein. Ich bin froh, wenn ich endlich Hilfe bekomme.»

«Wir werden unser Bestes tun, um ihr das Leben hier zu erleichtern», sagte der Mann mit einem sonderbaren Lispeln. Obgleich er ihr die Hand entgegenstreckte, hielt er den Kopf abgewandt. Er ließ sich in einem Lehnstuhl nieder, der ziemlich weit vom Kamin entfernt stand, und starrte ins Feuer. Der Hund, der bei Susans Klopfen gebellt hatte, war ihm in die Küche gefolgt und umkreiste leise knurrend die Beine des Mädchens.

«Ruhig, Crippen», gebot der Mann. «Platz!»

Der Hund, ein großer, scheckiger Bullterrier setzte sich, aber er knurrte weiter, bis Jarrock ihn am Halsband zurückriß und mit einem kräftigen Klaps unter den Tisch scheuchte. Bei dieser Gelegenheit wandte Jarrock zum erstenmal Susan ganz das Gesicht zu, und sie sah mit Entsetzen, daß die linke Seite vom Backenknochen abwärts eine einzige schreckliche Narbe war, die den Mund zu einem grausigen Lächeln nach oben zerrte.

Ist denn jeder in diesem Hause verstümmelt oder mißgestaltet oder verrückt? fragte sich Susan verzweifelt. Gleichsam als Antwort auf ihre Gedanken sagte Mrs. Jarrock zu ihrem Mann: «Hat er sich jetzt beruhigt?»

«Oh, er ist ganz friedlich», lispelte der Mann durch seine zerschmetterten Kiefer. «Er wird keine Schwierigkeiten mehr machen.» Er zog sich wieder in seine Ecke zurück und begann geräuschvoll an seinem gebutterten Toast zu lutschen.

«Wenn Sie Ihren Tee ausgetrunken haben», sagte Mrs. Jarrock zu Susan, «zeige ich Ihnen Ihr Zimmer. Hast du den Koffer nach oben gebracht, Jarrock?»

Der Mann nickte wortlos, und Susan folgte beklommen diesem Ungetüm von einer Frau, die eine Kerze in einem Leuchter angezündet hatte.

«Die Treppe wird Ihnen zuerst etwas steil vorkommen», sagte die heisere Stimme. «Und nehmen Sie in den Gängen Ihren Kopf in acht. Dieses Haus ist anscheinend im Jahre eins gebaut und noch dazu von einem verrückten Architekten.»

Mrs. Jarrock glitt geräuschlos durch einen schmalen Korridor in eine quadratische, mit Fliesen belegte Diele, wo eine Petroleumfunzel die Dunkelheit noch zu vertiefen schien, und stieg dann eine schwarze, auf Hochglanz polierte Eichentreppe mit geschnitztem Geländer empor.

«Es gibt nur eine Treppe im Haus», erklärte Mrs. Jarrock. «Höchst unbequem, aber nicht zu ändern. Sie müssen warten, bis er sich morgens in sein Zimmer verzogen hat, ehe Sie das schmutzige Wasser hinuntertragen; er sieht nicht gern Eimer. Dies hier ist das Schlafzimmer, da drüben das Gästezimmer, dies hier ist Mr. Alistairs Zimmer. Jarrock schläft natürlich bei ihm, für den Fall . . .»

Sie blieb horchend an der Tür stehen und kletterte dann eine enge Bodentreppe hinauf.

«Das ist Ihr Zimmer – klein, aber Sie sind für sich. Ich schlafe nebenan.»

Die Kerze warf ihre Schatten, ins Riesenhafte verzerrt, auf die schräge Decke, und Susan dachte: Wenn ich hier bleibe, werde ich auch eine phantastische Gestalt bekommen.
«Und der große Bodenraum gehört dem Hausherrn. Damit haben Sie nichts zu tun. Wenn wir nur die Nase um die Ecke stecken, sind wir unsere Stellung los. Er schließt sie sowieso immer ab.» Sie stieß einen heiseren Lacher aus. «Merkwürdige Dinge hebt er dort auf, das muß ich schon sagen. Ich habe sie gesehen – wenn er sie nach unten bringt, heißt das. Ein komischer Kauz, dieser Mr. Wispell. Na, werfen Sie sich nur rasch in Ihr Schwarzes; dann stelle ich Sie der Hausherrin vor.»
Susan kleidete sich hastig um vor dem kleinen, herzförmigen Spiegel mit dem grünlichen Glas, das das Kerzenlicht mehr zu absorbieren als zu reflektieren schien. Sie zog die karierten Vorhänge beiseite und stellte fest, daß ihr Fenster den Seitengarten überblickte. Unter ihr lag die Blumenrabatte, und dahinter erhoben sich die hohen Bäume wie eine Mauer. Das Zimmerchen selbst war behaglich ausgestattet, erhielt jedoch eine merkwürdige Form durch den großen Schornstein, der am Kopfende ihres Bettes in einem abenteuerlichen Knick nach oben verlief. Ein winziger Kamin war an den Schornstein angeschlossen, sah aber unbenutzt aus. Wahrscheinlich, dachte Susan, qualmte er.
Dann stand sie, die Kerze in der Hand, zögernd am Kopf der Treppe. Die Angst vor der Einsamkeit kämpfte in ihr mit der Angst vor dem, was sie unten erwartete. Auf Zehenspitzen schlich sie die Bodentreppe hinab. Als sie auf dem oberen Korridor ankam, sah sie, wie Jarrock gerade die untere Treppe hinunterlief. Die Tür zu «Mr. Alistairs Zimmer» hatte er offengelassen. Getrieben von einer Neugierde, die mächtiger war als ihre Angst, schlich sie bis zur Tür und blickte verstohlen hinein.
Ihr gegenüber stand ein altmodisches Himmelbett mit dunkelgrünen Behängen, und eine abgeblendete Leselampe brannte auf einem kleinen Tisch daneben. Der Mann in dem Bett lag mit geschlossenen Augen flach auf dem Rücken. Das Gesicht mit den scharfen Nasenflügeln war von einer durchsichtigen, wachsartigen Blässe. Eine Hand, so dünn wie eine Klaue, lag regungslos auf der grünen Decke; die andere war im Schatten der Vorhänge verborgen. Wenn Jarrock vorhin von Mr. Alistair

gesprochen hatte, mußte sie ihm beipflichten: dieser Mann war jetzt durchaus friedlich.
«Der Arme», flüsterte Susan, «er ist gestorben.» Kaum hatte sie die Worte ausgesprochen, als eine dröhnende Lachsalve von unten heraufschallte, ungeheuerlich, kolossal, phantastisch – ein Frevel gegen das schweigende Haus. Susan fuhr zurück und schleuderte dadurch die Lichtschere aus dem Kerzenhalter, die klappernd die Eichentreppe hinunterrollte und mit metallischem Klirren unten auf den Fliesen landete.
Eine Tür wurde aufgerissen, und eine laute Stimme, in deren Tiefen noch ein Rest jener albernen Heiterkeit lauerte, rief:
«Was war das? Zum Teufel noch mal! Jarrock, haben Sie den höllischen Krach gemacht?»
«Entschuldigen Sie vielmals, Sir», sagte Susan und trat bestürzt an den Treppenkopf. «Es war meine Schuld.»
«Donnerwetter, wer sind Sie denn? Kommen Sie mal herunter, damit man Sie in Augenschein nehmen kann. Oh!» rief er, als Susans schwarzes Kleid und weiße Schürze bei der Treppenbiegung in Sicht kamen, «das neue Hausmädchen. Eine schöne Art, sich einzuführen. Verdammt guter Anfang! Ich wünsche keinen Lärm. Aller Lärm in diesem Haus wird von mir gemacht, verstanden?»
«Ja, Sir. Es soll nicht wieder vorkommen, Sir.»
«So ist's richtig. Und wenn Sie die Stufen beschädigt haben, dann geht's Ihnen an den Kragen. Wissen Sie das?» Er legte den großen, bärtigen Kopf in den Nacken, und sein schallendes Gewieher schien das Haus wie ein Windstoß zu erschüttern. «Nun kommen Sie schon, Mädchen, ich fresse Sie diesmal noch nicht. Zeigen Sie mir mal Ihr Gesicht. Ihre Beine sind wenigstens in Ordnung. Hausmädchen mit dicken Beinen kann ich nicht ausstehen. Kommen Sie herein und lassen Sie sich unter die Lupe nehmen. Sidonia, hier ist das neue Mädchen. Noch keine Minute im Haus, und schon wirft sie mit den Möbeln um sich. Hast du gehört? Ha, ha, ha!»
Er schob Susan vor sich her in ein Wohnzimmer, das mit seinen leuchtend bunten Farben wie ein Pfauenschwanz wirkte. Die Fenster waren fest verrammelt.
Auf einer Couch vor dem Kamin lag eine junge Frau mit einem kleinen, weißen, herzförmigen Gesicht, das von ihren schweren

roten Haarmassen eingerahmt und fast darunter begraben wurde. Alte, schwere Ringe schmückten ihre langen Finger. Bei dem lärmenden Eintritt ihres Mannes erhob sie sich etwas unbeholfen und unsicher.
«Lieber Walter, schrei nicht so. Ich habe Kopfschmerzen, und dem armen Mädchen jagst du Angst ein. Sie sind also Susan. Hoffentlich haben Sie eine gute Reise gehabt. Kümmern sich Mr. und Mrs. Jarrock um sie?»
«Ja, danke, gnädige Frau.»
«Das ist schön.» Ihr Blick wanderte ein wenig hilflos zu ihrem Mann und dann wieder zurück zu Susan. «Ich hoffe, Sie werden Ihre Arbeit gut verrichten, Susan.»
«Ich werde mich bemühen, Sie zufriedenzustellen, gnädige Frau.»
«Ja, ja, davon bin ich überzeugt.» Sie ließ ein silbernes Lachen erklingen, das einem Vogelruf ähnelte. «Mrs. Jarrock wird Sie in alles einweihen. Ich hoffe, Sie werden sich hier wohl fühlen und bei uns bleiben.» Wieder ertönte ihr sinnloses Lachen.
«Hoffentlich verschwindet Susan nicht wie das letzte Mädchen», sagte Mr. Wispell. Susan fing einen Blick auf, den seine Frau ihm rasch zuwarf, aber ehe sie entscheiden konnte, ob er Furcht oder eine Warnung ausdrückte, wurden sie unterbrochen. Ein scharfer Glockenton erschallte, und in dem darauffolgenden Schweigen tauschten die beiden Wispells ängstliche Blicke aus.
«Was ist das schon wieder, zum Kuckuck noch mal?» rief Mr. Wispell.
Jarrock kam mit einem Telegramm herein, das Wispell ihm aus der Hand riß und öffnete. Mit einem Ausruf der Bestürzung reichte er es seiner Frau, die einen scharfen Schrei ausstieß.
«Walter, das geht nicht! Sie darf nicht kommen. Können wir sie nicht daran hindern?»
«Sei nicht töricht, Sidonia. Was können wir tun?»
«Aber Walter, verstehst du denn nicht? Sie wird erwarten, daß sie Helen vorfindet.»
«Oh, Herr!» stöhnte Mr. Wispell.

Susan ging früh zu Bett. Das Abendessen war eine gezwungene, melancholische Mahlzeit gewesen. Mrs. Wispell hatte von

Zeit zu Zeit von nichtigen Kleinigkeiten geredet, und Mr. Wispell schien in wuterfüllten Trübsinn versunken zu sein, aus dem er sich nur aufrüttelte, um von Susan mehr Kartoffeln oder noch eine Scheibe Brot zu verlangen. Auch in der Küche war es nicht besser; man erwartete anscheinend Besuch.

«Per Auto von York», murmelte Mrs. Jarrock. «Wer weiß, wann sie hier eintreffen. Aber das sieht ihr so richtig ähnlich. Keine Rücksichtnahme. Nie welche besessen. Mrs. Wispell kann mir leid tun.»

Jarrocks entstellter Mund verzog sich zu einem noch entsetzlicheren Grinsen.

«Reiche Leute tun, was ihnen beliebt», meinte er. «Vor vier Jahren war es dasselbe. Ein Telegramm – und wehe, wenn nicht alles klappt! Aber wir werden bereit sein. O ja, das wirst du schon sehen.» Er kicherte leise vor sich hin.

Auf Mrs. Jarrocks Gesicht lag ein merkwürdiges, verschlagenes Lächeln. «Sie müssen mir helfen, das Gastzimmer herzurichten, Susan.»

Als Susan später in die Spülküche kam, um eine Wärmflasche zu füllen, fand sie die Jarrocks in vertraulicher Unterhaltung. «Und sieh zu, daß du nicht so viel Lärm machst», sagte die Köchin. «Diese Mädchen haben lange Zungen. Trauen kann man keiner . . .»

Sie drehte sich um und sah Susan.

«Wenn Sie fertig sind», sagte sie und nahm ihr die Wärmflasche aus der Hand, «gehen Sie am besten zu Bett. Sie haben eine lange Reise hinter sich.»

Die sanft gesprochenen Worte klangen wie ein Befehl. Susan holte ihren Kerzenhalter aus der Küche, und als sie wieder an der Spülküche vorbeikam, hörte sie die Jarrocks miteinander flüstern. An der Hintertür entdeckte sie zwei Spaten und einen leeren Sack. Die hatte sie dort vorher nicht gesehen, und sie fragte sich im stillen, was Jarrock wohl damit vorhatte.

Sie schlief rasch ein, denn sie war müde. Aber einige Stunden später fuhr sie aus dem Schlaf mit dem Gefühl, daß man sich in ihrem Zimmer unterhielt. Der Regen hatte aufgehört, und ihr Zimmer war von einem matten Mondlicht erhellt. Es war niemand da, aber die Stimmen waren kein Traum. Dicht neben ihrem Kopf vernahm sie ein Gemurmel. Sie setzte sich auf und

zündete ihre Kerze an. Dann schlüpfte sie aus dem Bett und schlich zur Tür.
Der Korridor war leer; aus dem Zimmer nebenan drang das tiefe, regelmäßige Schnarchen der Köchin. Susan ging zurück und stand einen Augenblick verdutzt da. In der Mitte des Zimmers konnte sie nichts hören, aber sobald sie sich ins Bett legte, ertönten die Stimmen wieder, etwas gedämpft, als wären die Sprechenden tief unten in einem Brunnen. Sie beugte sich über den leeren Kamin. Sofort wurden die Stimmen deutlicher, und sie merkte, daß der große Schornstein ein Sprachrohr bildete für Leute, die sich in dem darunterliegenden Raum unterhielten. Mr. Wispell sprach gerade. «... fangen am besten schon an ... können jederzeit hier sein ...»
«Der Boden ist ganz weich.» Das war Jarrock. Ein paar Worte entgingen ihr, und dann:
«... sie vier Fuß tief vergraben wegen der Rosenbüsche.»
Es folgte ein Schweigen. Dann kam das gedämpfte Echo von Mr. Wispells homerischem Gelächter, das durch den hohlen Schornstein dröhnte.
Susan hockte halb erstarrt vor dem Kamin. Die Stimmen sanken zu einem leisen Gemurmel ab. Dann wurde eine Tür geschlossen und es herrschte völlige Stille. Sie streckte ihre verkrampften Glieder und lauschte noch einen Moment. Dann begann sie sich hastig anzukleiden. Sie mußte dieses schreckliche Haus verlassen.
Plötzlich ertönte ein leiser Schritt auf dem Kiesweg unter ihrem Fenster, bald darauf ein Klirren von Eisen. Dann hörte sie eine Männerstimme: «Hier zwischen Betty Uprichard und Evelyn Thornton.» Daraufhin wurde ein Spaten in den schweren Boden gestoßen.
Susan schlich zum Fenster und blickte hinaus. Da unten im Mondlicht waren Mr. Wispell und Jarrock fieberhaft bei der Arbeit. Sie hoben einen flachen Graben aus. Ein Rosenbusch wurde herausgenommen und auf die Seite gelegt. Während Susan zusah, wurde der Graben zusehends tiefer und breiter und nahm eine unheimliche Gestalt an.
Eilig zog Susan sich die letzten Kleidungsstücke an, suchte ihre Handtasche mit dem Geld und öffnete vorsichtig die Tür. Es war nichts weiter zu hören als das Schnarchen von nebenan.

Sie hob ihren Koffer auf, den sie vorm Schlafengehen noch nicht ausgepackt hatte, zögerte eine Weile und schlich dann so schnell und leise wie sie konnte auf Zehenspitzen die steile Treppe hinunter. Mr. Wispells Worte fielen ihr wieder ein und nahmen plötzlich eine drohende Bedeutung an. «Hoffentlich verschwindet sie nicht ebenso wie das letzte Mädchen.» Hatte die letzte auch etwas gesehen, das nicht für ihre Augen bestimmt war, war sie ebenfalls mit zitternden Knien die schwarze Eichentreppe hinabgehuscht? Oder war sie auf seltsamere Weise verschwunden und lag für immer vier Fuß tief unter den Rosenbüschen? Die alten Dielen knarrten unter Susans Gewicht. Auf dem unteren Korridor stand die Tür zu Mr. Alistairs Zimmer ein wenig offen. Wurde das Grab im Garten für ihn geschaufelt? Oder war es für sie bestimmt? Oder gar für den in der Nacht erwarteten Besuch?

Im Licht ihrer flackernden Kerze sah sie, daß die Haustür mit Schlüssel, Riegel und Kette verschlossen war. Nur das Grauen gab ihr die Kraft, mit äußerster Vorsicht und Beherrschung den quietschenden Riegel zurückzuschieben, die Kette zu lösen und den schweren Schlüssel umzudrehen. Der Garten lag still und aufgeweicht im Mondlicht da. Leise zog sie die Tür hinter sich zu und stand frei auf der Schwelle. Sie holte tief Atem und glitt lautlos wie ein Schatten den Pfad hinab.

An der Straße, die den Hügel hinabführte, stand eine dichte Gruppe von Büschen. Hier versteckte sie ihren Koffer, und dann rannte sie, was sie konnte.

In aller Herrgottsfrühe um vier Uhr erzählte ein junger Polizist dem Polizeiwachtmeister in Dedcaster eine merkwürdige Geschichte.

«Das junge Mädchen hat einen ziemlichen Schrecken bekommen», sagte er, «aber ihre Geschichte klingt durchaus glaubwürdig. Sollen wir die Sache nachprüfen? Was meinen Sie dazu?»

«Klingt verdächtig», erwiderte der Wachtmeister. «Vielleicht ist es doch besser, wenn Sie mal nachsehen. Warten Sie, ich komme selbst mit. Eigentümliche Leute, diese Wispells. Der Mann ist ein Künstler, nicht wahr? Das sind meistens lockere Vögel. Holen Sie den Wagen heraus, Blaycock, Sie können uns fahren.»

«Zum Kuckuck noch mal, was soll das denn heißen?» fragte Mr. Wispell, der aufrecht im Licht der Polizeilaterne stand. Er stützte sich auf seinen Spaten und wischte sich mit seiner erdbeschmutzten Hand den Schweiß von der Stirn. «Ist das unser Hausmädchen, das Sie da bei sich haben? Was hat sie auf dem Kerbholz? He? Was gestohlen? Wenn Sie das Silber eingesteckt haben, Sie kleiner Feger, dann können Sie was erleben!»
Dieses junge Mädchen ist mit einer sonderbaren Geschichte zu uns gekommen, Mr. Wispell», erklärte der Wachtmeister. «Ich möchte gern wissen, was Sie hier zu graben haben.»
Mr. Wispell lachte. «Was ich hier zu graben habe? Hören Sie, ich kann doch noch in meinem eigenen Garten graben, ohne daß Sie Ihre Nase hineinstecken!»
«Das verfängt bei uns nicht, Mr. Wispell. Dies ist ein Grab, das sieht man doch. Zum bloßen Zeitvertreib gräbt keiner mitten in der Nacht ein Grab in seinem Garten. Ich möchte dieses Grab geöffnet sehen. Was haben Sie darin? Sagen Sie die Wahrheit.»
«Im Augenblick ist niemand darin», antwortete Mr. Wispell, «und ich wäre Ihnen sehr dankbar, wenn Sie etwas weniger Lärm machen würden. Meine Frau ist nicht ganz gesund, und mein Schwager hat gerade wieder einen Anfall gehabt. Wir müssen ihn unter Morphium halten. Und da kommen Sie mit Ihrem Gebrüll . . .»
«Was ist da in dem Sack?» unterbrach ihn der junge Polizist. Als sich die anderen neugierig vordrängten, stand Susan auf einmal dicht neben ihm, und er beruhigte sie, indem er ihr freundlich auf den Arm klopfte.
«In dem Sack?» Mr. Wispell lachte wieder. «Das ist Helen. Fügen Sie ihr keinen Schaden zu, ich flehe Sie an – wenn meine Tante . . .»
Der Wachtmeister hatte den Sack schon mit seinem Taschenmesser aufgeschlitzt. Das bleiche, aber sehr schmutzige Gesicht einer Frau schimmerte zu ihnen herauf. Ihre Augenlider waren mit Erde bedeckt.
«Marmor!» rief der Wachtmeister. «Nun schlägt's dreizehn!»
In diesem Augenblick hielt ein Auto vor dem Tor.
«Allmächtiger Himmel!» stieß Mr. Wispell hervor. «Wir sind erledigt! Schaffen Sie die Frau rasch ins Haus, Jarrock.»

«Einen Augenblick, Sir. Ich möchte erst mal wissen . . .»
Schritte kamen auf dem Kies näher. Mr. Wispell rang die Hände. «Zu spät!» stöhnte er.
Eine ältere, sehr große und kerzengerade Dame bog um die Hausecke.
«Was machst du denn hier draußen, Walter?» fragte sie mit durchdringender Stimme. «Polizei? Ein schönes Willkommen für deine Tante, das muß ich schon sagen. Und was . . . was hat mein Hochzeitsgeschenk hier im Garten zu suchen?» fügte sie hinzu, als ihr Blick auf die nackte Marmorfigur fiel.
«Oh, Herr!» stöhnte Mr. Wispell. Resigniert warf er den Spaten hin und marschierte ins Haus.

«Ich fürchte», sagte Mrs. Wispell, «Sie müssen Ihr Monatsgehalt nehmen und wieder gehen, Susan. Mr. Wispell ist sehr ärgerlich. Sehen Sie, diese Statue war nämlich so häßlich, daß er sie nicht im Hause haben wollte, und es war nicht möglich, sie zu verkaufen, da seine Tante jederzeit auftauchen konnte. Daher vergruben wir sie, und als Tante telegrafierte, mußten wir sie natürlich wieder ausgraben. Aber ich fürchte, sie wird das meinem Mann nie verzeihen und bestimmt ihr Testament ändern. Na, er ist jedenfalls sehr zornig, und ich verstehe auch nicht, wie Sie so töricht sein konnten.»
«Es tut mir bestimmt leid, gnädige Frau. Ich war etwas nervös . . .»
«Vielleicht», krächzte Mrs. Jarrock, «war das arme Mädchen durch Jarrock aus der Fassung gebracht. Ich hätte ihr erklären sollen, daß er und der arme Mr. Alistair im Kriege eine Granatexplosion mitgemacht haben. Aber da ich an sein armes Gesicht gewöhnt bin und wir gerade die Aufregung mit Mr. Alistair hatten, habe ich nicht daran gedacht.»
Mr. Wispells Stimme dröhnte die Treppe herab. «Ist die dumme Gans endlich fort?»
Der junge Polizist legte Susan die Hand auf den Arm. Er hatte schöne braune Augen und lockiges Haar, und seine Stimme klang freundlich.
«Ich glaube, Miss», meinte er, «Strupps ist nicht der richtige Platz für Sie. Am besten kommen Sie zu uns und essen mit meiner Mutter und mir zu Mittag.»

Othello

Haben Sie schon mal «Othello» gespielt? Es ist so altmodisch, daß es eigentlich nur die Snobs spielen; eine Art Scharade, wird wohl «Othello» genannt, weil es nicht so einfach ist, einen ausgefalleneren Namen dafür zu finden.
Man wählt den Namen einer bekannten Figur (und wenn Ihre Zuschauer nicht sehr geduldig sind, am besten einen kurzen), zum Beispiel «Hiob». Dann stellt man in einem «lebenden Bild» eine Persönlichkeit dar, die mit H beginnt, dann eine mit I, eine mit O und eine mit B. Zum Schluß bringt man Hiob selbst, und das Publikum rät, daß Hiob gemeint war, und klatscht freundlich Beifall. Das ist alles. Sorglose Menschen mit etwas Phantasie können viel Spaß dabei haben.
Bob Lester feierte Geburtstag. Seine Mutter, seine Schwester und etwa zwanzig intime Freunde waren in seiner kleinen Wohnung in Hammersmith zusammengequetscht. Es waren meist Schriftsteller, Maler, Schauspieler oder sonst irgendwie mit den Musen liierte Leute, die es gewohnt waren, sich mit Singsang und Spielen die Zeit zu vertreiben. Sie verstanden es alle, witzig den Narren zu spielen, sich wie Kinder aufzuführen und sich an unsichtbaren Mengen von Bowle zu berauschen. Sie waren alle recht talentiert und kannten einander gut. Cyril Markham fühlte sich nicht zu ihnen gehörig, obwohl alle ungewöhnlich nett zu ihm waren und ihn aufzuheitern suchten. Es waren kaum sechs Monate her, seit Jane gestorben war, und obwohl alle die aufrichtigste Teilnahme an seinem Verlust bekundeten (alle hatten Jane geliebt) spürte er, daß er und die anderen einander völlig fremd waren und es immer sein würden. Die bezaubernde Jane. Sie hatten es ihm nur schwer verzeihen können, daß er sie geheiratet und mit nach Cornwall genommen hatte, und fanden es schrecklich, daß sie schon zwei Jahre später starb — an Magen- und Darmentzündung. Sie hatte kindische Spiele mit ihnen gespielt und den albernsten eine exquisite persönliche Anmut verliehen. Markham brächte das niemals fertig. Er kam sich steif, unbeholfen und schrecklich befangen vor. Als Bob «Othello» vorschlug, bat er Markham aus Höflichkeit, sich seiner Schauspielertruppe anzuschließen. Wirklich zu liebenswürdig. Aber Markham erklärte, er sei lie-

ber Publikum, und Bob wählte mit einem Seufzer der Erleichterung seine erprobten Veteranen.
Die beiden Vorderzimmer der Wohnung hatte man durch Öffnen der Schiebetüren in einen einzigen Raum verwandelt. Trotz der vorgerückten Jahreszeit war der Abend sonderbar schwül, und man hatte eine der drei großen, nach der Flußseite liegenden Balkontüren geöffnet. Über die Köpfe der Gäste hinweg konnte Markham die Lichter von Surrey wie große Lampions auf dem Wasser tanzen sehen. Der kleinere der beiden Räume bildete die Bühne, die man durch schwere purpurne Vorhänge vom Zuschauerraum abgetrennt hatte. Im Gang drängten sich die Mitspieler unter Lachen und Scherzen. Markham starrte auf die Vorhänge, die ihm bekannt vorkamen. Das waren doch die Vorhänge aus seinem eigenen Häuschen in Cornwall. Jane hatte sie quer durch das Wohnzimmer gehängt, um die Eßnische von dem übrigen Raum abzutrennen. Wie seltsam, daß Bob sie jetzt hier hatte. Aber nein. Bob hatte Jane die Vorhänge zur Hochzeit geschenkt, und dies mußte ein anderes Paar sein. Sie waren alt, das wußte er. Damast von dieser Qualität wurde heute nicht mehr hergestellt.
Bob steckte seinen verwuschelten Kopf durch die Vorhänge und verkündete: «Das ganze Wort hat vier Buchstaben», und verschwand wieder. Dann wurden die Lichter ausgedreht und die Vorhänge zurückgezogen für die Darstellung des ersten Buchstabens.
Eine japanische Wand im Hintergrund der Bühne, über der Lavinia Forbes' Kopf im eleganten Seidenschal und mit einem um die Stirn gewundenen Kricketgürtel erschien, veranlaßte die stets voreilige Mrs. Lester zu dem Ausruf: «Romeo und Julia – Balkonszene!» Jeder rief «Pst», und die vermeintliche Julia machte sich daran, mit Hilfe von Spiegel und Lippenstift ihr Gesicht in üppiger Weise anzumalen. Mitten in dieser Beschäftigung schien ihre Aufmerksamkeit durch etwas anderes gefesselt zu werden. Sie lehnte sich über die Wand und wies mit der Hand in Richtung des Flurs. Unter begeistertem Applaus erschienen auf Händen und Knien die Zwillinge Peter und Paul Barnaby, in Pelzmäntel gehüllt und heftig auf einer Wäscheleine kauend. Sie zogen einen mit Kofferriemen befestigten Korbstuhl, der nach ominösem Zögern zwischen den Türpfo-

sten von unsichtbarer Hand kräftig auf die Bühne gestoßen wurde, so daß der Wagenlenker – prächtig angetan mit scharlachrotem Schlafrock und gestreifter Schärpe – beinahe auf dem Rücken seiner Rosse gelandet wäre. Die Dame hinter der Wand schien dem Wagenlenker eine heftige Standpauke zu halten, der jedoch mit einer vulgären Geste darauf reagierte. Ein weiteres kurzes Gebärdenspiel führte zum Auftreten zweier korpulenter Personen in Bademantel und Turban, die sich anschickten, die Dame über die Mauer zu ziehen. Irgend jemand rief: «Vorsicht!», die japanische Wand geriet ins Schwanken und wurde von einem der Rosse gestützt. Das Opfer wurde auf den Boden geworfen und starb unter heftigen Zuckungen und schwerem Stöhnen. Der Wagenlenker schlug seinen Pferden, die ihn im Trab rund um die Bühne und dann hinter die Kulissen zogen, mit dem Regenschirm übers Kreuz. Ein lautes Bellen kündigte das Erscheinen von drei wilden Tieren an, die die Leiche ausgiebig beschnüffelten und sie in großen Happen zu verschlingen begannen, als der Vorhang fiel.

Diese feurige Darstellung erntete lauten Beifall und bot den Zuschauern keine Schwierigkeiten.

«Jesabel natürlich», sagte Tony Withers.

«Hoffentlich hat Lavvie sich nicht wehgetan», sagte Mrs. Lester. «Sie landete mit einem furchtbaren Bums.»

«Na, der erste Buchstabe ist jedenfalls J», erklärte Patricia Martin. «Mir gefiel die wilde Fahrt.»

«Bob sah einfach wunderbar aus», äußerte sich Bice Taylor, der gerade hinter Mrs. Lester saß, und fügte, an Markham gewandt, hinzu:

«Aber man vermißt die liebe Jane so sehr. Sie spielte und verkleidete sich so gern. Und war die Lustigste von allen.»

Markham nickte. Ja, Jane hatte immer geschauspielert. Und ihre Heiterkeit hatte sich irgendwie gegen die Einsamkeit ihres Häuschens und gegen seine eigene verdrießliche Stimmung behauptet. Sie hatte immer gesungen, wenn sie ihren häuslichen Pflichten nachging, und das war ihm so schrecklich auf die Nerven gefallen, daß er sie angefaucht hatte. Er hatte sich oft gefragt, was sie wohl so fröhlich stimmen mochte. Bis er die Briefe fand, und dann wußte er Bescheid.

Er wünschte, er wäre nicht zu dieser Party gekommen. Er gehörte nicht hierher. Tom Deering wußte es und verhöhnte ihn. Er konnte Toms dunkles, sardonisches Gesicht in der fernen Ecke an der Tür sehen. Tom mußte auch seine Erinnerungen haben, dieser schlaue Teufel. Aber er, Markham, hatte ihm jedenfalls einen Strich durch die Rechnung gemacht. Das war wenigstens ein Trost.

Trotz der offenen Balkontür war der Raum erstickend heiß. Wozu hatten sie ein solches Riesenfeuer? Das Blut schoß ihm heftig ins Gehirn – ihm war, als wollte seine Schädeldecke platzen. Es waren viel zu viele Leute in dem kleinen Raum, und sie machten so viel Krach. Etwas sehr Kompliziertes mußte in Vorbereitung sein, nach dem langen Warten und dem Hin und Her zu urteilen. Ein langweiliges Spiel.

Die Lichter wurden wieder gelöscht, und jemand verkündete: «Der zweite Buchstabe», als der Vorhang aufgezogen wurde.

Das Erscheinen von Betty Sander, die, mit aufgelöstem Haar und mit sonst fast nichts am Leibe, den verlegenen, auch nur mit einer winzigen Badehose bekleideten George P. Brewster umarmte, wurde mit zufriedenem Gelächter begrüßt.

«Die Schlafzimmerszene!» rief Mrs. Lester, voreilig wie immer. Nach einem rührenden Austausch von Zärtlichkeiten trennte sich das Paar. George zog sich hinter das Klavier zurück, wo er fleißig mit der Kohlenschaufel grub, während Betty auf dem Sofa Platz nahm und sich die Haare mit den Fingern kämmte. Bald darauf nahte von der Tür her das hochrote Gesicht von Peter Barnaby, der sich mit ausgestreckter Zunge am Boden dahinwälzte, eingewickelt in eine endlos lange grüne Tischdecke, die durch ihre langsame, buckelnde Fortbewegung die Anwesenheit eines zweiten menschlichen Motors unter ihren voluminösen Falten verriet – wahrscheinlich der zweite Barnaby-Zwilling. Das Gebilde schlängelte sich auf das Sofa zu und scheuerte sich an Bettys Bein. Dann richtete es sich auf und deutete mit einer Kopfbewegung auf die Aspidistra, die auf einem Ziertischchen stand. Betty brachte Entsetzen und Weigerung zum Ausdruck. Bald darauf gab sie jedoch nach und pflückte aus den Blättern der Aspidistra einen großen Apfel, den sie mit dem Ausdruck tiefsten Genusses zu verspeisen begann, während die kombinierten Barnabys sich hinter das Sofa zurückzogen. In diesem Augenblick kehrte George, sich den rechtschaffenen Schweiß von der Stirn wischend, mit der Kohlenschaufel auf der Schulter von seiner Arbeit zurück. Als er Betty mit dem Apfel sah, ließ er die Kohlenschaufel fallen und hob die Arme gen Himmel. Nach kurzer Überredung nahm er jedoch seinen Anteil an dem Apfel an. Plötzlich schien er sich ihrer mangelhaften Bekleidung bewußt zu werden und wies tadelnd mit dem Finger auf Bettys rosa Unterwäsche. In Tränen aufgelöst, stürzte Betty zur Aspidistra, riß zwei große Blätter ab und band sie sich und George mit einer Schnur um die Taille. Dann sahen sie sich auf einmal in der furchtbaren Gegenwart Bobs, der in scharlachrotem Schlafrock, himmelblauer Tischdecke und mit einem großen, am Hinterkopf befestigten Topfdeckel hinter dem Wandschirm hervorkam. Ein kolossaler Wattebart verlieh seiner Erscheinung Majestät. Die Sünder fielen flach aufs Gesicht, und die Vorhänge rauschten unter allgemeinem Beifall zu.

«War nun Adam oder Eva gemeint?» fragte Miss Holroyd.

«Ich glaube: Adam», erwiderte jemand, «dann könnte das ganze Wort Jahve bedeuten ...»

«Aber nein! Das hat doch fünf Buchstaben. Ich denke, Eva war gemeint.»

«JE, JA, JE ...»

Die Lichter brannten wieder. Seltsam, wie weiß und unnatürlich alle Gesichter aussahen. Wie Masken. Markhams Finger zupfte an seinem Kragen. Jesabel, Adam – lüsterne Frau, betrogener Mann. J, A, *Jane*. Wenn Deering wüßte, daß er jene Briefe gefunden hatte, würde er noch so lächeln? Er *wußte* es. Gerade deshalb dieses geheimnisvolle Lächeln. Er wußte es und hatte Bob zu diesem Spiel angestiftet. J, A, Jane, Jesabel. Die Hunde sollen Jesabel verschlingen. Hunde. Sie saßen ihm an den Fersen. Der Spürhund des Himmels mit einem Topfdeckel auf dem Kopf. Jehova. Jahve. Jane.

Die Lichter erloschen.

Sie hatten ein Bettlaken über ein paar Stühle drapiert, um ein kleines Zelt zu bilden. Am Eingang saß Bob im Schlafrock und mit dem weißen Bart, aber ohne Topfdeckel. Paul Barnaby, der sich ein Taschentuch über den Kopf gelegt hatte und eine kurze Bluse mit einer Schärpe trug, reichte ihm einen Teller mit einem bescheidenen, aus zwei getrockneten Feigen bestehenden Mahl.

Vor dem Zelt stand eine mit Wasser gefüllte und von Aspidistren umgebene Zinkwanne.
Ein von verschiedenen Instrumenten erzeugter Lärm kündete die Ankunft von George an, der in einem orientalischen Kostüm und mit einer aus einem vergoldeten Papierkorb bestehenden Kopfbedeckung nahte. Von seinem orientalischen Gefolge umgeben, schritt er auf Bob zu und deutete mit unglücklicher Miene auf einige fahle Mehlflecke in seinem Gesicht und an seinen Armen. Bob untersuchte ihn sorgfältig, versetzte ihm einen herzhaften Klaps auf die Schulter und gab ihm durch Gebärden zu verstehen, daß er sich in der Zinkwanne waschen sollte. George schien vor Empörung außer sich zu sein. Er trat geringschätzig gegen die Wanne und spuckte in die Aspidistren. Nachdem er Bob mit der Faust gedroht hatte, stolzierte er in Richtung des Klaviers davon.
Die züchtig unter einem Gesichtsschleier versteckte Lavinia erschien nun auf der Bühne. Sie kniete vor George nieder und schien sanft auf ihn einzureden. Das übrige Gefolge schloß sich ihren Bitten an, und bald erhellte sich seine finstere Miene. Er kehrte zur Badewanne zurück, bekam feierlich ein Stück Seife und einen Schwamm überreicht und wusch sich das Mehl aus dem Gesicht. Als er die Wirkung in einem Rasierspiegel wahrnahm, war er hingerissen vor Freude, warf sich Bob zu Füßen und bot ihm eine hübsche Sammlung von Kissenbezügen und Nippsachen an. Als diese abgelehnt wurden, ging er freudestrahlend davon, während ihm Paul Barnaby verstohlen folgte. Bob, mit dem Erfolg zufrieden, hatte sich gerade in sein Zelt gesetzt, um die *Evening News* zu lesen, als er merkte, wie Paul mit den Kissenbezügen zurückgeschlichen kam. Von redlichem Zorn übermannt, sprang er auf, zog unter der Zeitung eine Tüte mit Mehl hervor und warf sie Paul ins Gesicht, womit er die Episode zum Abschluß brachte.
Markham hörte den Beifall wie aus weiter Ferne. Wie gebannt starrte er auf die purpurnen Vorhänge. Er kannte sie so gut. Sie waren schwer und legten sich in dicke, reiche Falten. Jane war von diesen Vorhängen begeistert gewesen. Er hatte immer behauptet, sie seien finster und deprimierend, aber sie wollte nichts davon hören. Heutzutage lebten die Menschen bei offenen Fenstern, hinter durchsichtigen Gardinen. Aber dieser alt-

modische Damast war wie geschaffen, um etwas zu verbergen. Solche Vorhänge bewahrten ihre Geheimnisse für immer.
Bice Taylor sprach ihm fast ins Ohr:
«Ich glaube nicht, daß Naaman oder Elisa gemeint sind. Eher Abigail, die kleine Magd, weißt du? Das fällt weniger auf. J, E, A – vielleicht lautet das Wort Jean. Irgendeine Jean. Oder der französische Name.»
J für Jesabel, A für Adam, N für Naaman den Aussätzigen. J, A, N. Jane, Janus, Januar. Jetzt war November. Jane war im Juni gestorben. Naaman – er ging vor ihm her, ein Aussätziger, weiß wie Schnee. Man fühlt sich wie ein Aussätziger unter all diesen Leuten, die einen haßten. Es war so seltsam, daß niemand ihn ansehen wollte. Sie blickten um ihn herum und über ihn hinweg, wenn sie sich ansahen. Das lag daran, daß er ein Aussätziger war – aber das brauchten sie nie zu wissen, wenn er es ihnen nicht sagte. Er hatte noch nie das Muster der Vorhänge beachtet, aber in dem starken Licht trat es deutlich hervor – Damast, damasziert wie ein Schwert, verdammt sei die ganze Gesellschaft. Wie heiß es doch war, und wie blöde Bob Lester sich bei diesen kindischen Spielen ausnahm. Eigentlich war es gräßlich, daß sie vorgaben, nicht zu wissen, daß es J, A, N war – Jane. Dabei hatten sie es von Anfang an gewußt, warteten nur gespannt, wie lange er aushalten würde. Laß sie nur! Dennoch mußte er sich überlegen, was er tun sollte, wenn das Wort vollständig war. J, A, N. Natürlich brauchte der letzte Buchstabe kein E zu sein – aber es mußte ja ein E sein. Na, in gewissem Sinne würde es eine Erleichterung darstellen, weil er dann die Gewißheit hatte, daß sie es *wußten*.
Das vierte Bild stellte zur Abwechslung eine kurze, mittelalterliche Szene dar. Betty ruderte in einem wallenden weißen Gewand mit langen, aufgelösten Haaren auf einer Matratze des Gastzimmers zum Flügel, um den sich König Artus' Tafelrunde gruppiert hatte. Bob in einer einfachen, aber wirkungsvollen Rüstung aus Wellpappe vergoß mit Hilfe eines Schwammes dicke Krokodilstränen.
«Na, das ist ja unverkennbar», meinte Mr. Lester. «Die Lady of Shallott. Du meine Güte, wie lautet nun aber das Wort?»
«Aber, meine liebe Mrs. Lester. Nicht Shallott. Es ist Lancelot und sowieso.»

«Oh, Lancelot? Wirklich?»
«Natürlich das Mädchen.»
«Eben», sagte Deering.
«Hast du es erraten, Tom?»
«Ja, natürlich. Du nicht?»
«Doch, ich glaube, aber ich bin nicht absolut sicher.»
«Du darfst es jetzt noch nicht sagen. Erst am Schluß.»
Natürlich, dachte Markham. Deering würde es sofort erraten haben. Lancelot und Elaine. Elaine, die liebenswerte. Jane, Elaine. J, A, N, E, Jane. Aber es war ganz verkehrt; denn Elaine war rein und treu und starb an Liebe. Starb. Das war der Punkt. Elaine war tot, Jane war tot. Sie waren beide tot.
Er starrte wie hypnotisiert auf die Damastvorhänge. Es war da eine Stelle, an der sie sich nicht ganz berührten, und das Licht von der Bühne schien hindurch. Jemand rief: «Fertig?» und drehte das Licht im Zuschauerraum aus. Markham konnte die anderen nicht länger sehen, aber er konnte hören, wie sie um ihn herum atmeten und raschelten und ihn wie ein Rudel Wölfe bedrängten. Der Lichtpunkt zwischen den Vorhängen glühte immer noch. Er wurde größer und glühte intensiver, doch wie aus unendlich weiter Ferne. Die Vorhänge teilten sich, ganz langsam und in absolutem Schweigen. Endlich das *ganze Wort*. Sie hatten es wunderbar inszeniert. Er erkannte jeden Gegenstand, obwohl das grelle Licht der elektrischen Birne irgendwie gedämpft war. Da war das Bett, der Frisiertisch, der Schrank mit seiner hohen Glastür und das niedrige Fenster zur Rechten. Es war heiß, und der Duft des Flieders strömte berauschend vom Garten herein. Die junge Frau auf dem Bett lag im Schlaf. Ihr Gesicht war nicht zu sehen; es war zur Wand gekehrt. Sterbende kehrten das Gesicht immer zur Wand. Traurig, im Juni sterben zu müssen, wenn der Duft des Flieders durch das Fenster kam und die Nachtigall sang. Machten sie das mit einer Vogelpfeife? Oder war es eine Grammofonplatte?
Jemand bewegte sich im Schatten. Er hatte sehr leise die Tür geöffnet. Ein Glas Limonade stand auf dem Tisch neben dem Bett. Es klirrte gegen die Flasche, als er es in die Hand nahm. Aber die Frau rührte sich nicht. Er trat ganz vor, bis er unmittelbar unter der Lampe stand. Sein Kopf war gebeugt, als er das weiße Pulver in das Glas streute und es mit einem Löffel

umrührte. Er trat wieder neben das Bett. Jesabel, Adam, Naaman, Elaine. J, A, N, E. Er berührte die Frau an der Schulter, und sie regte sich ein wenig. Mit einem Arm richtete er sie auf und hielt ihr das Glas an die Lippen. Es klirrte wieder, als er es leer auf den Tisch stellte. Er küßte sie. Dann ging er hinaus und zog die Tür hinter sich zu.

Nie hatte er eine solche Stille gekannt. Nicht einmal das Atmen der Meute konnte er hören. Er war mit der Frau auf dem Bett allein im Zimmer. Und nun regte sie sich. Das Laken glitt ihr von den Schultern zur Brust und von der Brust bis zu den Hüften. Sie kniete sich hin und blickte ihn über das Fußende des Bettes an — goldenes Haar, schweißbedeckte Stirn, die Augen dunkel vor Angst und Schmerz, die schwarze Höhle des Mundes und die glitzernde Reihe weißer Zähne in dem eingesunkenen Mund.

JANE!

Hatte *er* den Namen gerufen oder die anderen? Der Raum war von Helligkeit und Lärm erfüllt, aber seine Stimme übertönte alles.

«Jane, Jesabel! Ich habe sie getötet. Ich habe sie vergiftet. Jane, Jesabel. Der Doktor hat es nicht gewußt, aber *sie* wußte es, und *er* wußte es, und nun wißt ihr es alle. Fort mit euch! Fluch und Verderben über euch! Laßt mich gehen!»

Stühle fielen um, man schrie und griff mit den Händen nach ihm. Er schlug mit der Faust in ein törichtes, gaffendes Gesicht. Dann stand er auf dem Balkon und drängte sich zur Balustrade. Die Lichter auf der Surreyseite schimmerten wie große Lampions. Ein Sprung, und das schwarze Wasser raste ihm entgegen. Aufklatschen. Brausen.

Es war alles so schnell geschehen, daß die Schauspieler nichts davon gemerkt hatten. Als Tom Deering sich den Rock auszog, um Markham nachzuspringen, und Mrs. Lester ans Telefon stürzte, um die Flußpolizei zu alarmieren, verkündete Georges Stimme: «*Das ganze Wort.*» Die Vorhänge rauschten auseinander, und auf der Bühne stand das Zelt von JAEL.

Wenn das in diesem Stile so weiterging, würde John Scales bald ein reicher Mann sein. Schon jetzt war er zu beneiden, wie jeder erraten konnte, der nach acht Uhr am Königstheater vorbeikam. Die alte Florrie, die mit ihrem Streichholztablett schon so viele Jahre an der Ecke gesessen hatte, wußte Bescheid; niemand anders war so gut über das Königstheater orientiert wie sie. Als sie, nach dem furchtbaren Bühnenbrand, den sie mit vernarbtem Gesicht und einem verdorrten Arm überstanden hatte, ihre Laufbahn aufgeben mußte, hatte sie aus Sentimentalität ihren Stand in der Nähe des Theaters errichtet und wachte immer noch wie eine Mutter über sein Wohlergehen. Sie wußte besser als jeder andere, wieviel Geld eingenommen wurde, wann das Haus ausverkauft war, was für Gehälter gezahlt wurden, wieviel von den Einkünften die stehenden Ausgaben verschlangen und wie groß der Anteil des Autors war. Außerdem wechselte jeder, der durch die Bühnentür ging, ein paar Worte mit Florrie. Sie nahm Anteil an den guten und schlechten Zeiten des Theaters. Sie hatte die durch die Wirtschaftskrise und den Tonfilm verursachten mageren Zeiten beklagt, den Kopf geschüttelt über gefährliche Experimente mit anspruchsvollen Stücken; sie hatte Tränen der Empörung vergossen über die unheilvolle Periode der Scorer-Bitterby-Direktion, die mit einem Skandal endete, und sich gefreut, als der energische Mr. Garrick Drury nach seinem ungeheuren Erfolg in der Titelrolle des Stückes *«Der sehnsüchtige Harlekin»* das alte Theater übernahm, es von innen und außen renovieren ließ (wobei er gleich zwei Sitzreihen mehr in das Parkett quetschte) und seinen optimistischen Entschluß verkündete, das Theater glücklicheren Zeiten entgegenzuführen. Und seitdem hatte sie den ständigen Aufstieg des Theaters auf den wohlerprobten Flügeln altmodischer Romantik verfolgen können. Mr. Garrick Drury (die Behörden kannten ihn als Obadja Potts, was man jedoch bei seinem guten Aussehen nie vermutet hätte) war ein Intendant und Schauspieler nach Florries Herzen. Er übte seinen Beruf im guten alten Stil aus: baute seine Erfolge auf seiner eigenen glanzvollen Persönlichkeit auf, redete keinen Unsinn über neue dramatische Richtungen und verherrlichte «team work» nur in Worten. Er hatte das Glück gehabt, seine Direktionslaufbahn zu einem Zeitpunkt anzutreten, als das Publikum der düsteren slawischen Tragödien mit unterdrückten Ehemännern und der menschlichen Dokumente über Alkohol und Laster überdrüssig geworden war und nach rührseligen romantischen Stücken verlangte mit einem romantischen Helden, der durch zweidreiviertel Akte hindurch Qualen der Selbstaufopferung erduldete und in den letzten zehn Minuten die Geliebte endlich bekam. Mr. Drury (zweiundvierzig bei Tageslicht, fünfunddreißig bei Lampenlicht und fünfundzwanzig oder darunter mit blonder Perücke im Rampenlicht) eignete sich von Natur aus gut dafür, Mädchen auf diese aufopfernde Art zu gewinnen, und verstand sich auf den Trick, die Sentimentalität des neunzehnten Jahrhunderts so mit der Nonchalance des zwanzigsten zu vermengen, daß die Mischung in gleicher Weise der Stenotypistin Joan und der vom Lande kommenden Tante Mabel zu Kopfe stieg.

Und da Mr. Drury, wenn er allabendlich mit jener strahlenden, jugendlichen Lebhaftigkeit, die schon seit zwanzig Jahren seine größte Zugkraft darstellte, aus seinem Wagen sprang, stets Zeit fand, die alte Florrie mit einem Lächeln oder einem freundlichen Wort zu beglücken, übte er auf sie genau dieselbe Wirkung aus wie auf alle anderen. Niemand war mehr entzückt als Florrie, als es sich herausstellte, daß er mit dem Stück *«Bitterer Lorbeer«»*, das jetzt der 100. Aufführung entgegenging, wieder einmal das große Los gezogen hatte. Abend für Abend begrüßte sie mit zufriedenem Lächeln die Ankündigung «Ausverkauft». Es sah so aus, als ob das Stück ewig laufen würde, und die Gesichter der Menschen, die durch den Bühneneingang gingen, machten einen heiteren und glücklichen Eindruck, wie Florrie das schätzte.

Und der junge Mann, der das Rohmaterial geliefert hatte, aus dem Mr. Drury dieses glänzende Erfolgsstück aufbaute, konnte nach Florries Ansicht auch zufrieden sein. Für gewöhnlich dachte man ja nicht viel an den Verfasser eines Stückes — wenn es sich nicht gerade um Shakespeare handelte, der natürlich unter eine andere Kategorie fiel. Verglichen mit den Schauspielern, war der Autor eine unbedeutende Figur. Man kannte ihn kaum. Aber Mr. Drury war eines Tages Arm in Arm mit einem verdrießlichen, schlechtgekleideten Jüngling erschienen, den er Florrie auf seine feine, großzügige Art vorgestellt hatte: «Hier, John, Sie müssen unbedingt Florrie kennenlernen. Sie ist unser Maskottchen – was sollten wir ohne sie wohl anfangen? Florrie, dies ist Mr. Scales, dessen neues Stück uns ein Vermögen einbringen wird.» Mr. Drury irrte sich nie bei einem Stück; er hatte den sechsten Sinn. Und während der letzten drei Monate war Mr. Scales, obwohl immer noch verdrießlich, sehr viel besser gekleidet gewesen.

An diesem besonderen Abend – Sonnabend, den 15. April, als die 96. Aufführung von *«Bitterer Lorbeer»* vor ausverkauftem Hause stattfand – kamen Mr. Scales und Mr. Drury, beide im Gesellschaftsanzug, zusammen an, und zwar, wie Florrie voller Unruhe bemerkte, reichlich spät. Mr. Drury würde sich beeilen müssen, und es war sehr ärgerlich, daß ihn Mr. Scales an der Tür noch mit langen Erklärungen aufhielt. Mr. Drury schien aber durchaus nicht verstimmt zu sein. Er zeigte sein berühmtes dämonisches Lächeln und legte Mr. Scales seine ebenfalls berühmte, ausdrucksvolle Hand wohlwollend auf die Schulter. «Tut mir leid, mein Junge, habe jetzt keine Zeit. Der Vorhang muß aufgehen. Sie wissen. Kommen Sie nach der Aufführung zu mir – dann werde ich diese Leute hierhaben.» Und er verschwand mit huldvollem Lächeln und einer ausdrucksvollen Handbewegung. Mr. Scales drehte sich nach kurzem Zögern um und kam auf Florries Ecke zu. Er schien immer noch verdrießlich und in Gedanken versunken zu sein, doch als er aufsah und Florrie bemerkte, lächelte er ihr zu. Sein Lächeln hatte nichts Dämonisches an sich.

«Na, Florrie, wir scheinen ja, finanziell gesehen, einen ziemlichen Erfolg zu haben, nicht wahr?»

Florrie stimmte ihm begeistert zu. «Aber daran sind wir mittlerweile schon gewöhnt. Mr. Drury ist ein wundervoller Mann. In welcher Rolle er auch auftritt, sie kommen alle, um ihn zu sehen. Natürlich», fügte sie hinzu, als ihr einfiel, daß dies vielleicht nicht besonders nett klang, «versteht er es gut, das richtige Stück zu wählen.»

«O ja», meinte Mr. Scales. «Das Stück. Das hat wohl auch etwas damit zu tun. Nicht viel, aber immerhin etwas. Haben Sie das Stück gesehen, Florrie?»

Ja, Florrie hatte es gesehen. Mr. Drury war ja so freundlich. Nie vergaß er, ihr schon zu Anfang eine Freikarte zu schenken, mochte das Haus noch so voll sein.
«Wie fanden Sie es?» erkundigte sich Mr. Scales.
«Ich fand es ganz reizend», erwiderte Florrie. «Ich habe so geweint. Wie er einarmig zurückkehrt und seine Braut . . .»
«Eben, eben», sagte Mr. Scales.
«Und die Szene an der Themse, als er seinen alten Uniformrock zusammenrollt und zu dem Bobby sagt: ‹Ich werde auf meinen Lorbeeren ausruhen› – damit haben Sie ihm eine Bravourzeile gegeben, Mr. Scales. Und wie er sie gebracht hat!»
«Allerdings. So bringt es nur Drury fertig.»
«Und wie sie zu ihm zurückkehrt und er sie nicht mehr haben will, und wie dann Lady Sylvia sich in ihn verliebt . . .»
«Ja, ja», unterbrach Mr. Scales. «Sie fanden diesen Teil besonders rührend?»
«Romantisch!» schwärmte Florrie. «Und dann die Szene zwischen den beiden Frauen – einfach herrlich. Riß einen ordentlich mit. Und zum Schluß, wenn er die nimmt, die er wirklich liebt . . .»
«Das haut hin, nicht wahr?» sagte Mr. Scales. «Direkt herzergreifend. Es freut mich, Florrie, daß Sie so denken. Denn ganz abgesehen von allem anderen, bringt es Geld in die Kasse.»
«Und ob! Ihr erstes Stück, nicht wahr? Sie können sich glücklich schätzen, daß Mr. Drury es genommen hat.»
«Ja», erwiderte Mr. Scales. «Ich schulde ihm viel. Das sagt jeder, also muß es wahr sein. Heute abend erscheinen zwei wohlbeleibte Männer in Astrachanmänteln, um die Filmrechte zu erwerben. Ich bin ein gemachter Mann, Florrie, und das ist immerhin angenehm, besonders wenn man fünf, sechs Jahre von der Hand in den Mund gelebt hat. Kein reines Vergnügen, mit knurrendem Magen herumzulaufen. Meinen Sie nicht auch?»
«Das kann man wohl sagen», bestätigte Florrie, die ein Liedchen davon singen konnte. «Ich bin ja so froh, daß Ihr Blättchen sich endlich gewendet hat.»
«Danke», sagte Mr. Scales. «Hier, trinken Sie ein Glas auf den Erfolg des Stückes.» Er fummelte in seiner Brusttasche. «Hier, dreißig Shilling. Dreißig Silberlinge. Kaufen Sie sich etwas Schönes dafür, Florrie. Es ist Blutgeld.»

«Was reden Sie da bloß!» rief Florrie aus. «Na ja, Schriftsteller erlauben sich gern mal einen Scherz. Und ich weiß noch, daß der arme Mr. Milling, der ‹*Pussy und das Mädchen mit dem Lippenstift*› schrieb, immer zu sagen pflegte, daß er bei jedem Stück Blut geschwitzt habe.»
Ein netter junger Mann, dachte Florrie, als Mr. Scales davonging. Ein bißchen sonderbar und für die, die mit ihm leben mußten, vielleicht etwas schwierig im Umgang. Er hatte ja sehr nett von Drury gesprochen, aber einmal, so schien es ihr, hatte Sarkasmus durchgeklungen. Auch gefiel ihr der Scherz mit den dreißig Silberlingen nicht so recht. Aber die Menschen sagten heutzutage so mancherlei, und dreißig Shilling waren dreißig Shilling. Sehr freundlich von Mr. Scales.

Mr. John Scales schlenderte mißmutig durch die Shaftesbury Avenue und wußte nicht, wie er die nächsten drei Stunden totschlagen sollte. Da begegnete er einem Freund, der gerade aus der Wardour Street kam. Dieser Freund – ein großer, dünner junger Mann, der einen schäbigen Mantel und einen verwitterten Schlapphut trug und aussah wie ein hungriger Falke – hatte ein Mädchen bei sich.
«Guten Abend, Mollie», sagte Scales, «guten Abend, Sheridan.»
«Guten Abend», erwiderte Sheridan. «Sieh mal einer an! Der große Mann in eigener Person. Londons neuer Dramatiker.»
«Hör auf», sagte Scales.
«Dein Stück scheint ein Riesenerfolg zu sein», fuhr Sheridan fort. «Herzlichen Glückwunsch. Zum Erfolg, meine ich.»
«Gott!» stöhnte Scales. «Hast du es gesehen? Ich hatte dir Karten geschickt.»
«Ja, vielen Dank, war sehr nett von dir. Wir haben die Aufführung gesehen. Du hast es fertiggebracht, deine Seele ziemlich teuer zu verschachern.»
«Hör zu, Sheridan – es war nicht meine Schuld. Ich bin genauso angewidert wie du. Noch mehr. Aber ich war so töricht und habe den Kontrakt ohne eine Vorbehaltsklausel unterzeichnet. Und als Drury und sein Regisseur das Manuskript genügend verhunzt hatten . . .»
«Er hat sich nicht verkauft», warf das Mädchen ein, «er wurde vergewaltigt.»

«Schade», meinte Sheridan. «Es war ein gutes Stück. Aber ich nehme an, daß du den Champagner trinkst, der dabei herauskommt. Du machst einen wohlhabenden Eindruck.»
«Nun», erwiderte Scales, «was erwartest du von mir? Soll ich den Scheck dankend zurücksenden?»
«Um Himmels willen, nein!» rief Sheridan. «Niemand mißgönnt dir dein Glück.»

Typisch! dachte Scales voller Wut, als er die Criterion-Bar betrat. Als ob es nicht genug wäre, daß ein anständiges Schauspiel in eine Schnulze verkitscht wurde, mußten die Leute auch noch annehmen, daß man um des lieben Mammons willen in diese Verstümmelung eingewilligt hatte!
Er war beunruhigt gewesen, als er erfuhr, daß George Philpotts das Stück «*Bitterer Lorbeer*» an Drury geschickt hatte. Die allerletzte Direktion, die er selbst gewählt hätte; aber auch die allerletzte Direktion, bei der ein so zynisches und ernüchterndes Stück eine Chance hatte. Zu seiner größten Überraschung war Drury, wie er sich ausdrückte, «ganz versessen» darauf gewesen. Es war eine Unterredung gefolgt, und Drury (zum Teufel mit seinen ausdrucksvollen Augen!) hatte mühelos erreicht, was er wollte. Scales war seinem Charme und seinen Schmeicheleien erlegen, wie das große Publikum allabendlich. «Ein großartiges Stück, fabelhafte Situationen», hatte Drury erklärt. «Natürlich müssen wir hier und da kleine Änderungen vornehmen.» Scales hatte bescheiden geantwortet, daß er das erwartet habe, er wisse sehr wenig von der Bühne, habe bisher nur Romane geschrieben; mit Änderungen sei er durchaus einverstanden, vorausgesetzt natürlich, daß sie nicht die künstlerische Einheit zerstörten. Mr. Garrick Drury war von dieser Unterstellung peinlichst betroffen. Er sei selbst Künstler und würde etwas Derartiges niemals zulassen. Überwältigt von Drurys Art und einer Flut von technischen Einzelheiten, mit denen der anwesende Spielleiter ihn überschüttete, unterzeichnete Scales einen Kontrakt, der dem Verfasser einen hübschen Anteil am Gewinn und der Direktion Vollmacht gab, jedwede «vernünftige» Änderung vorzunehmen, um das Stück bühnenreif zu machen.
Erst allmählich entdeckte er im Verlauf der Proben, was mit

seinem Stück geschah. Nicht nur war es Mr. Drury gelungen, seine eigene Rolle – einen kriegsmüden Heimkehrer – mit Gefühlen zu durchtränken, die stark abwichen von der Vorstellung, die der Autor von diesem verbitterten und zerbrochenen Charakter hatte. Nein, viel schlimmer war es, daß die ganze Handlung eine völlige Umgestaltung erfuhr; «leichte Änderungen», wie Drury es nannte, «natürlich nichts Unkünstlerisches – aber Änderungen, die das Ganze packender, erhebender und naturgetreuer machten».
Scales hatte nicht stillschweigend nachgegeben. Er hatte um jede Zeile gekämpft. Aber gegen den Kontrakt war er machtlos. Und schließlich hatte er die neuen Szenen sogar selber geschrieben, weil seine eigene Version nicht so unerträglich war wie die vereinten Bemühungen der Schauspieler und des Regisseurs. Daher konnte er seine Hände nicht einmal in Unschuld waschen. Er war der Linie des geringsten Widerstandes gefolgt. Mr. Drury war ihm äußerst dankbar gewesen und entzückt über die gute Zusammenarbeit.
«Ich weiß, wie Ihnen zumute ist», pflegte er zu sagen. «Das geht jedem Künstler so. Aber ich habe eine zwanzigjährige Bühnenerfahrung hinter mir, und das zählt. Sie glauben nicht, daß ich recht habe – mein lieber Scales, es würde mir an Ihrer Stelle genauso gehen. Ich bin Ihnen dankbar für die glänzende Arbeit, die Sie leisten, und ich weiß, Sie werden es nicht bereuen. Machen Sie sich keine Gedanken. Alle jungen Autoren stoßen auf dieselben Schwierigkeiten. Eine reine Frage der Erfahrung.»
Es war hoffnungslos. In seiner Verzweiflung hatte Scales einen Agenten konsultiert, der darauf hinwies, daß es jetzt zu spät sei, den Kontrakt zu ändern. «Im übrigen ein fairer Kontrakt», meinte er. «Drury hat immer einen guten Namen gehabt. Diese Änderungen sind natürlich ärgerlich, aber es ist schließlich Ihr erstes Stück, und Sie können sich glücklich preisen, daß Sie bei ihm gelandet sind. Er kennt das Westend-Publikum. Sind Sie erst mal durch ihn angekommen, können Sie die Bedingungen stellen.»
Ja, natürlich, dachte Scales, allen gegenüber, die solche Stücke wünschen. Und bei denen, die ernsthaftes Theater spielen, bin ich ein für allemal unten durch. Das Schlimmste war, daß so-

wohl der Agent wie der Theaterdirektor der Ansicht waren, daß seine Besorgnis um seine eigene geistige Unbescholtenheit gar nicht zählte – daß er sich ganz aufrichtig mit seinen Tantiemen trösten würde.

Am Ende der ersten Woche brachte Garrick Drury dies zum Ausdruck. Seine «Erfahrung» war durch die Einnahmen bestätigt worden. «Letzten Endes ist die Kasse der eigentliche Wertmesser», bemerkte er. «Ich sage das nicht von einem kommerziellen Standpunkt aus. Ich wäre immer bereit, ein Stück zu bringen, an das ich als Künstler glaube, selbst wenn ich dabei Geld zusetzen müßte. Aber wenn die Kasse glücklich ist, bedeutet es, daß das Publikum glücklich ist. Die Kasse ist der Puls des Publikums.»

John Scales konnte das nicht einsehen. Auch seine Freunde nicht, die einfach annahmen, er habe sich verkauft. Mit der Zeit wurde ihm klar, daß das Stück wie ein Sirupstrom unaufhaltsam weiterlaufen würde. Es war sinnlos zu hoffen, daß das Publikum sich dagegen auflehnen würde. Wahrscheinlich hatten sie es durchschaut. Ebenso wie die Kritiker. Die glorreiche Gestalt von Garrick Drury verhinderte jedoch den wohlverdienten Zusammenbruch. «Dieses klapperige Stück», schrieb das *Sunday Echo,* «wird nur durch Garrick Drurys glänzendes Spiel zusammengehalten.» – «Trotz seiner Süßholzraspelei», hieß es im *Looker-On,* «stellt ‹*Bitterer Lorbeer*› einen persönlichen Triumph für Garrick Drury dar.» – «Mr. John Scales», äußerte sich der *Daily Messenger,* «hat seine Situationen mit großem Geschick so aufgebaut, daß sie Garrick Drurys Talente am vorteilhaftesten zur Geltung bringen, und das ist ein sicheres Erfolgsrezept. Wir prophezeien dem Stück ‹*Bitterer Lorbeer*› eine lange Laufzeit.»

Es war kein Ende abzusehen. Wenn Drury krank würde oder stürbe oder sein gutes Aussehen, seine Stimme verlöre oder seine Popularität einbüßte, dann könnte dieses widerliche Stück vielleicht begraben und vergessen werden. Aber Garrick Drury blühte und gedieh und bezauberte das Publikum, und das Stück lief. Später folgten dann die Aufführungen auf den Provinzbühnen (von Mr. Drury kontrolliert) und die Filmrechte (in großem Umfange von Mr. Drury kontrolliert) und die Radiorechte und weiß der Himmel, was sonst noch. Und Mr. Scales

blieb nichts anderes übrig, als den Sold der Sünde einzustecken und Mr. Drury zu verfluchen, der sein Werk auf so angenehme Weise ruiniert, seinen Ruf vernichtet, ihm seine Freunde entfremdet, ihn der Verachtung der Kritiker ausgesetzt und ihn zum Verrat an seiner eigenen Seele gezwungen hatte.
Wenn ein Mann in London atmete, den John Scale gern tot gesehen hätte, so war es Garrick Drury, dem er (wie er tagtäglich zugeben mußte) so viel verdankte. Und doch war Drury ein wirklich charmanter Kerl. Zuweilen ging dieser Charme dem Autor so sehr auf die Nerven, daß er Mr. Drury schon um seines Charmes willen hätte erschlagen können.

Doch als der Augenblick kam, in der Nacht vom 15. zum 16. April, konnte von einem Vorsatz nicht die Rede sein. Jedenfalls nicht im eigentlichen Sinne. Es passierte einfach.
Es war fast ein Uhr morgens, als sie die Leute vom Film endlich loswurden. Im Verlauf dieser Auseinandersetzung stimmte Scales, wie üblich, einer Reihe von Dingen zu, die er nicht billigte, aber auch nicht verhindern konnte.
«Mein lieber John», sagte Mr. Garrick Drury, während er sich den Schlafrock auszog, den er, wenn irgend möglich, bei geschäftlichen Unterredungen trug, da er ihm so gut stand, «mein lieber John, ich weiß genau, wie Sie darüber denken, aber es gehört Erfahrung dazu, um mit diesen Leuten fertig zu werden. Und Sie können sich auf mich verlassen, daß nichts Unkünstlerisches ... Oh, danke, Walter. Es tut mir unendlich leid, daß Sie meinetwegen so lange hierbleiben mußten.»
Walter Hopkins, Mr. Drurys persönlicher Garderobier, hatte nicht das Geringste dagegen einzuwenden, die ganze Nacht bis tief in den nächsten Morgen hinein hierzubleiben. Er war Mr. Drury leidenschaftlich ergeben, der seine Dienste stets mit einem freundlichen Wort und dem berühmten Lächeln belohnte. Er half Mr. Drury in Rock und Mantel und reichte ihm seinen Hut.
«Lassen Sie alles stehen und liegen», fuhr Mr. Drury fort und deutete auf das Sammelsurium von Schminke, Handtüchern, Gläsern, Siphons, Aschenbechern und Manuskripten. «Räumen Sie einfach meine Sachen zusammen und schließen Sie den Whisky ein. Ich bringe nur schnell Mr. Scales an sein Taxi.»

Der Nachtwächter ließ sie zur Tür hinaus. Er war ein kränklicher, alter Mann mit einem Kaninchengesicht, und Scales fragte sich, was er wohl tun würde, wenn er auf seinen Rundgängen einem Einbrecher begegnete oder wenn ein Feuer ausbräche.
«Nanu!» rief Garrick Drury. «Es regnet ja. Aber etwas weiter da unten ist ein Taxistand. Machen Sie sich keine Gedanken mehr, John, alter Junge, den ... Vorsicht!»
Es passierte blitzartig schnell. Ein kleiner Wagen, der ein wenig zu rasch die schmierige Straße heraufkam, bremste scharf, um eine streunende Katze zu vermeiden, geriet ins Schleudern, drehte sich um neunzig Grad und sauste auf den Gehsteig. Die beiden Männer versuchten sich in Sicherheit zu bringen. Scales stolperte dabei ziemlich ungeschickt und fiel der Länge nach in die Gosse. Drury sprang, gewandt wie ein Akrobat, rückwärts, aber nicht weit genug. Die Stoßstange erfaßte ihn in der Kniekehle und schleuderte ihn durch die Schaufensterscheibe eines Hutgeschäfts.
Als Scales wieder auf die Beine kam, stand der Wagen halb im Laden, und die Fahrerin lag bewußtlos über dem Steuerrad. Ein Polizist und zwei Taxifahrer kamen von der Mitte der Straße herbeigerannt, und Drury kroch gerade mit blutüberströmtem Gesicht aus den Glasscherben heraus, wobei er den linken Arm mit der rechten Hand umklammert hielt.
«Oh, mein Gott!» stöhnte er. Er schwankte auf den Wagen zu, und das Blut spritzte ihm zwischen den Fingern hervor.
Scales, von seinem Sturz noch ganz benommen und verwirrt, konnte nicht sofort begreifen, was geschehen war. Aber der Polizist besaß Geistesgegenwart.
«Die Dame kann warten», sagte er zu den Taxifahrern. «Dieser Herr hat sich die Pulsader aufgeschnitten. Er verblutet, wenn wir nicht rasch handeln.» Seine großen, geübten Finger griffen nach dem Arm des Schauspielers, fanden die richtige Stelle und drückten kräftig auf die zerschnittene Ader. «Geht's, Sir? Gut, daß Sie die Hand daraufgehalten haben.» Er ließ den Schauspieler vorsichtig auf das Trittbrett gleiten, ohne seinen Griff zu lockern.
«Hier ist ein Taschentuch», sagte einer der Taxifahrer.
«Gut», erwiderte der Polizist. «Binden Sie seinen Arm ab, und zwar so fest, wie Sie können.»

Scales blickte schaudernd auf die Schaufensterscheibe und das Pflaster. Es hätte ein Schlachthaus sein können.
«Vielen Dank», sagte Drury zu dem Polizisten und dem Taxifahrer. Er brachte ein schwaches Lächeln zustande und sank zusammen.

Walter und der Nachtwächter stürzten gemeinsam ans Telefon, während Scales die anderen über die verlassene Bühne geleitete, die dunkel und geisterhaft im trüben Licht einer einzigen, hoch im Schnürboden hängenden Birne dalag. Schwere Blutstropfen fielen auf die staubigen Bretter. Als hätte das Geräusch ihrer Schritte auf diesen Brettern den Instinkt des Schauspielers wachgerüttelt, öffnete Drury ein Auge.
«Was ist mit der Beleuchtung los?» — Dann, mit wiederkehrendem Bewußtsein: «Oh, die Schlußzeile ... *Sterben, Ägypten, sterben* ... der letzte Auftritt, wie?»
«Unsinn, alter Freund», sagte Scales hastig. «Sie sterben noch lange nicht.»
Einer der Taxifahrer, ein älterer Mann, stolperte. «Tut mir leid», sagte Drury, «daß ich so schwer bin ... kann es Ihnen nicht viel erleichtern ... fassen Sie weiter unten an.» Sein Lächeln war verzerrt, aber sein Verstand funktionierte; es war nicht das erstemal, daß er von dieser Bühne «hinausgetragen» wurde. Die Träger befolgten seine mühsam hervorgebrachten Instruktionen und kamen gut durch die Kulissen. Scales war maßlos irritiert. Drury führte sich wieder einmal wunderbar auf. Mut, Geistesgegenwart, Rücksicht auf andere — genau die richtigen theatralischen Gesten. Konnte der Kerl selbst an der Schwelle des Todes nicht natürlich sein?
Sie erreichten seine Garderobe und legten ihn auf die Couch.
«Meine Frau», begann Drury, «in Sussex. Erschrecken Sie sie nicht ... sie hat Grippe gehabt ... Herz nicht stark.»
«Schon gut, schon gut», sagte Scales. Er fand ein Handtuch und ließ etwas Wasser in eine Schale laufen. Walter kam eilig herbei.
«Dr. Debenham ist nicht zu Hause, übers Wochenende fort. Blake telefoniert nach einem andern. Was sollen wir tun, wenn sie alle nicht da sind? Ärzte dürften nicht so viel unterwegs sein.»

«Wir wollen den Polizeiarzt rufen», sagte der Polizist. «Hier, halten Sie Ihren Daumen dahin, wo ich meinen habe. Fest drücken, und nicht locker lassen.» Dann wandte er sich an die Taxifahrer. «Sie sehen jetzt am besten nach der jungen Dame. Mein Kollege müßte inzwischen erschienen sein. Und Sie», wies er Scales an, «müssen hierbleiben. Ich brauche Ihre Aussage.»

«Ja, ja», erwiderte Scales, der sich mit dem Handtuch zu schaffen machte.

«Mein Gesicht», sagte Drury und hob nervös die Hand. «Ist mein Auge verletzt?»

«Nein, es ist nur die Kopfhaut. Sie dürfen sich nicht aufregen.»

«Sind Sie sicher? Besser tot als entstellt. Möchte nicht wie Florrie enden. Arme alte Florrie. Bestellen Sie ihr einen Gruß ... Kopf hoch, Walter ... Schlechter Abgang, nicht wahr? ... Trinken Sie ein Glas Whisky ... Sind Sie sicher, daß das Auge heil ist? ... Sie sind nicht verletzt, Scales? Für Sie auch eine schöne Bescherung. Ende der Aufführungen ...»

Scales, der gerade für sich und Walter Whisky eingoß, fuhr zusammen und hätte beinahe die Flasche fallen lassen. Ja, nun würden die Aufführungen aufhören. Vor einer Stunde hatte er um ein Wunder gebeten, um dies zu erreichen. Und das Wunder war geschehen. Und wenn Drury nicht die Geistesgegenwart gehabt hätte, die Blutung zu stoppen, wenn er nur eine Minute länger gewartet hätte, dann wäre es schon soweit: keine Aufführungen mehr, kein Film mehr, und das verfluchte Stück für alle Zeiten abgesetzt. Er trank den unverdünnten Whisky auf einen Zug aus und reichte Walter das zweite Glas. Es war, als habe er durch seine Wünsche das Geschehen herbeigeführt. Wenn er noch etwas kräftiger wünschte — Unsinn! Aber der Doktor kam nicht, und obgleich Walter sich wie der grimme Tod an die durchschnittene Arterie klammerte, sickerte doch das Blut aus den kleineren Adern durch den Stoff, durch den Verband ... Es bestand immer noch eine Chance, immer noch die Wahrscheinlichkeit, immer noch die Hoffnung ...

So ging das nicht weiter. Scales stürzte in den Gang, über die Bühne und dann in den Raum des Nachtwächters. Der Polizist telefonierte noch. Drurys Chauffeur stand, verstört und erregt, mit der Mütze in der Hand und redete mit den Taxifahrern.

Die Autofahrerin war inzwischen ins Krankenhaus geschafft worden. Der Bezirkspolizeiarzt war zu einem dringenden Fall gerufen. Das nächste Hospital konnte im Moment keinen Arzt entbehren. Der Schutzmann versuchte, den Polizeiarzt des nächsten Bezirks zu erreichen. Scales kehrte wieder in das Ankleidezimmer zurück.
Die nächste halbe Stunde war wie ein Alptraum. Der Patient schwebte zwischen Bewußtsein und Bewußtlosigkeit und machte sich immer noch Gedanken über sein Gesicht, seinen Arm und das Stück. Und der rote Fleck auf der Couch wurde größer und größer ...
Endlich trat mit emsiger Geschäftigkeit ein kleiner, untersetzter Mann ins Zimmer. Nach einem kurzen Blick auf den Patienten prüfte er dessen Puls, stellte ein paar Fragen und murmelte kopfschüttelnd etwas von Blutverlust, Zeitverlust und Schwäche. Der im Hintergrund stehende Polizist erwähnte, daß die Ambulanz eingetroffen sei.
«Unsinn», sagte der Doktor. «Kann unmöglich transportiert werden. Muß hier an Ort und Stelle damit fertig werden.» Mit ein paar kurzen Worten des Lobes löste er Walter von seinem Posten ab. Mit raschen Bewegungen schnitt er den durchweichten Ärmel fort, legte eine richtige Aderpresse an, verabreichte dem Patienten ein Stimulans und versicherte ihm nochmals, daß sein Auge nicht beschädigt sei und er nur einen Schock und den Blutverlust erlitten habe.
«Sie werden mir nicht den Arm abnehmen?» rief Drury, von einer neuen Angst befallen. «Ich bin Schauspieler ... ich kann nicht ... Sie dürfen das nicht tun, ohne es mir zu sagen!»
«Nein, nein, nein», beruhigte ihn der Doktor. «Wir haben jetzt die Blutung unterbunden. Aber Sie müssen still liegen, sonst fängt sie von neuem an.»
«Werde ich ihn wieder gebrauchen können?» Die ausdrucksvollen Augen blickten dem Doktor forschend ins Gesicht. «Verzeihen Sie. Aber ein steifer Arm ist für mich genauso schlimm. Tun Sie Ihr Möglichstes! Sonst kann ich nie wieder auftreten ... Außer im *‹Bitteren Lorbeer›*. John, alter Bursche ... komisch, nicht wahr? Komisch, daß es dieser Arm ist ... Muß für den Rest meines Lebens von Ihrem Stück leben, das einzige, einzige Stück ...»

«Gott bewahre!» rief Scales unwillkürlich.
«Jetzt muß ich hier freie Bahn haben», erklärte der Doktor energisch. «Wachtmeister, lassen Sie das Zimmer räumen, und schicken Sie mir die Leute von der Ambulanz herein.»
«Kommen Sie mit», sagte der Polizist. «Ich werde mir jetzt Ihre Aussage aufschreiben, Sir.»
«Ich bleibe hier!» protestierte Walter Hopkins. «Ich kann Mr. Drury nicht allein lassen. Ich werde Ihnen helfen . . .»
Irgendwie gelang es ihnen, den sich hysterisch sträubenden Walter in die gegenüberliegende Garderobe zu bringen, wo er auf der Kante eines Stuhles saß und bei jedem Laut von draußen auffuhr, während der Schutzmann die beiden Taxileute verhörte und entließ. Als Scales seine Aussage machte, steckte der Arzt den Kopf zur Tür herein und sagte:
«Ich möchte, daß einige von Ihnen sich in Bereitschaft halten, für den Fall, daß wir eine Blutübertragung machen müssen. Sie wissen wohl nicht zufällig, welcher Blutgruppe Sie angehören?»
«Ich bin bereit!» rief Walter voller Eifer. «Bitte, Sir, nehmen Sie mich! Ich würde den letzten Tropfen Blut für Mr. Drury hergeben, ich würde mein Leben für ihn opfern.»
«Das verlangt niemand von Ihnen. Wir brauchen nur ein halbes Liter Blut – Kleinigkeit für einen gesunden Menschen. Regen Sie sich nicht so auf. Schön, daß Sie guten Willens sind, aber wenn Sie nicht die richtige Blutgruppe haben, kann ich Sie nicht gebrauchen.»
«Ich bin stark», versicherte ihm Walter, «bin nie in meinem Leben krank gewesen.»
«Es hat mit Ihrem Gesundheitszustand nichts zu tun», entgegnete der Arzt ein wenig ungeduldig. «Es ist etwas, das Sie bei der Geburt mitbekommen haben. Ich werde es zunächst mit den beiden Ambulanzleuten versuchen, aber leider hat der Patient eine seltene Blutgruppe. Deshalb möchte ich verschiedene Spender zur Hand haben. Gut, daß ich alles Nötige mitgebracht habe; Zeit ist ein wichtiger Faktor.»
Damit stürzte er wieder fort. Der Polizist steckte kopfschüttelnd sein Notizbuch ein.
«Weiß nicht, ob Blutspenden zu meinen Pflichten gehört», brummte er. «Müßte eigentlich wieder in mein Revier. Will

mir zunächst mal den Wagen ansehen. Dann komme ich wieder herein. Nanu, was wollen *Sie* denn hier?»
«Presse», erwiderte der Mann, der an der Tür stand. «Es wurde bei uns angerufen, daß Mr. Drury schwer verletzt sei. Stimmt das? Tut mir sehr leid. Ah! Guten Abend, Mr. Scales. Das ist ja eine schreckliche Geschichte. Können Sie mir sagen . . .»
Hilflos wurde Scales von den Rädern der Presse erfaßt: er gab einen Bericht von dem Unfall, äußerte die passenden Phrasen über Drury, was Drury für ihn, was er für das Stück getan hatte, zitierte Drurys Worte, verbreitete sich über seine Geistesgegenwart und seinen Mut — kurz und gut, er versah Drury mit einem Heiligenschein. Auch erwähnte er den seltsamen (und für den Reporter ergiebigen) Zufall, daß ausgerechnet derselbe Arm verletzt worden sei wie im Stück, und sprach die Hoffnung aus, daß die Rolle von der zweiten Besetzung weitergespielt werden könne, bis Drury sich genügend erholt habe. Mit jedem Wort, das er von sich gab, spürte er, wie eine Flut von Haß gegen Drury in ihm aufstieg. Um so mehr betonte er die ungeheure Dankbarkeit und die freundschaftlichen Gefühle, die er für Drury empfand, und sein verzweifeltes Verlangen, ihn bald wiederhergestellt zu sehen. Es war ihm, als könne er durch die ständige Wiederholung dieser Redensarten etwas Schreckliches in seinem Innern unterdrücken, das sich gegen seinen Willen zu behaupten suchte.
Der Doktor steckte wieder den Kopf herein.
«Entschuldigen Sie mich», sagte Scales und eilte zur Tür. Aber Walter war vor ihm da und bot sein Lebensblut literweise an. Scales sah, wie der Reporter die Ohren spitzte. Eine Blutübertragung gab natürlich eine prächtige Schlagzeile ab. Doch der Arzt machte kurzen Prozeß mit dem Vertreter der Presse und zog Scales und Walter zur Tür hinaus, die er heftig zuknallte.
«Ich muß jetzt Sie beide testen. Hoffentlich hat einer von Ihnen die richtige Blutgruppe. Wenn nicht, lassen wir den Zeitungsfritzen zur Ader. Das wird ihn lehren, weniger aufdringlich zu sein.» Er führte sie wieder in Drurys Garderobe, wo der Wandschirm, der sonst das Waschbecken verdeckte, jetzt um die Couch gestellt war. Auf dem Tisch lagen die Instrumente ausgebreitet. Beim Waschbecken stand einer von den Krankenpflegern und kochte Wasser auf einem Gaskocher.

«Nun los», sagte der Arzt mit gedämpfter Stimme. «Verhalten Sie sich nach Möglichkeit ruhig. Leider muß ich es hier machen, da in dem anderen Raum kein Gas ist und ich den Patienten auch nicht gern allein lassen möchte. Aber es dauert ja nicht lange. Ich kann Sie beide zusammen vornehmen. Hier ist ein sauberer Teller; der genügt, braucht ja nicht steril zu sein.» Er wischte den Teller sorgfältig mit einem Handtuch ab und stellte ihn zwischen den beiden Männern auf den Tisch. Scales erkannte das Rosenmuster wieder; es hatten oft Brote darauf gelegen, während er und Drury an einem neuen Dialog für «*Bitterer Lorbeer*» gearbeitet hatten. «Sie wissen vielleicht», erklärte der Arzt, «daß das Blut eines jeden Menschen einer von vier verschiedenen Gruppen angehört.» Er öffnete eine verchromte Trommel und nahm eine Nadel heraus. «Für eine erfolgreiche Transfusion muß sich das Blut des Spenders auf besondere Weise mit dem des Patienten vermischen. Nur ein kleiner Stich – Sie werden es kaum spüren.» Er nahm Walters Ohrläppchen und stach die Nadel ein. «Gehört das Blut des Spenders einer ungeeigneten Gruppe an, verursacht es Agglutination der roten Blutkörperchen, was sehr gefährlich werden kann.» Er saugte ein paar Blutstropfen in die Pipette und übertrug zwei einzelne Tropfen auf den Teller, die er mit einem Schminkstift umrandete. «Eine gewisse Gruppe von Menschen» – hier schnappte er sich Scales' Ohrläppchen und wiederholte die Prozedur mit einer neuen Nadel und Pipette – «die wir als Gruppe 4 bezeichnen, gehört zu den Universalspendern; das heißt, ihr Blut eignet sich für jeden. Würde einer von Ihnen die gleiche Blutgruppe haben wie der Patient, wäre das am besten. Leider gehört er der Gruppe 3 an, und die ist ziemlich selten. Bisher haben wir kein Glück gehabt.» Er ließ zwei Blutstropfen von Scales auf die andere Seite des Tellers fallen und zog mit dem Stift eine Linie von Rand zu Rand, um die beiden Proben voneinander zu trennen. Dann setzte er den Teller genau zwischen die beiden Spender, so daß jeder ein wachsames Auge auf seinen Anteil werfen konnte, und wandte sich wieder an Walter.

«Wie war doch Ihr Name?»

In diesem Augenblick entstand eine Bewegung hinter dem Schirm, und irgend etwas fiel krachend zu Boden. Der erschrok-

kene Krankenwärter steckte den Kopf um die Ecke und rief mit eindringlicher Stimme: «Doktor!» Gleichzeitig ertönte Drurys Stimme: «Walter ... bestellen Sie Walter ...» Der Doktor schoß auf den Wandschirm los, dicht gefolgt von Walter, den Scales vergeblich aufzuhalten suchte, als er sich an ihm vorbeidrängte. Der zweite Krankenwärter ließ alles stehen und liegen, um ebenfalls Beistand zu leisten, es entstand ein kleiner Tumult und ein Wortwechsel zwischen dem Doktor und Walter, und Walter kehrte wieder an seinen Platz zurück.
«Sie wollen mich nicht zu ihm lassen, und er hat doch nach mir verlangt.»
«Er darf sich nicht aufregen», sagte Scales mechanisch.
Der Patient redete vor sich hin, und der Doktor versuchte ihn zu beruhigen. Scales und Walter Hopkins standen hilflos am Tisch, den Teller zwischen sich, und Scales betrachtete nachdenklich die vier kleinen Blutstropfen, die von so ungeheurer Wichtigkeit waren. In der Nähe stand ein kleines Holzgestell mit Ampullen. Er studierte die Schilder: «Testserum Nr. II», «Testserum Nr. III». Die Bezeichnungen hatten für ihn keine Bedeutung. Er stierte auf den Teller und nahm wahr, daß eine der kleinen rosafarbenen Rosen am Rande des Tellers beim Einbrennen etwas verschmiert worden war – und daß Walters Hände zitterten, während er sich auf die Platte stützte.
Der Arzt kam wieder zum Vorschein, und Walter blickte ihn angstvoll fragend an. «Soweit alles in Ordnung», sagte der Arzt. «Na, wo waren wir denn? Ach ja, Ihren Namen bitte.» Er markierte die Proben auf Walters Seite mit den Buchstaben W. H.
«Mein Name ist John Scales», sagte Scales. Der Arzt schrieb die Initialen von Londons populärem Dramatiker so gleichgültig hin, als handle es sich um einen Steuereinnehmer, und nahm die Ampulle mit dem Serum II aus dem Gestell. Er schlug sie auf und fügte etwas von ihrem Inhalt zunächst einem Tropfen von Scales' Blut, dann einem Tropfen von Walters Blut hinzu und kritzelte die Zahl II neben jede dieser Proben. Jedem der beiden anderen Tropfen setzte er auf dieselbe Weise etwas vom Serum III hinzu. Blut und Serum mischten sich, ohne die vier roten Tupfen sichtbar zu verändern. Scales war enttäuscht; er hatte eine dramatischere Wirkung erwartet.

«Es wird ein paar Minuten dauern», erklärte der Arzt. «Wenn sich das Blut einer Probe mit *beiden* Seren mischt, ohne daß die roten Blutkörperchen klumpen, dann ist der Spender ein Universalspender, der unseren Zwecken genügt. Wenn es mit Serum II Klumpen bildet und mit Serum III klar bleibt, dann gehört der Spender zu der Blutgruppe des Patienten und wird ihn über die Hürde bringen. Klumpt es aber mit beiden Seren oder nur mit Serum III, dann wird es ihn umbringen.» Er stellte den Teller wieder hin und kramte in seiner Tasche.
Einer der Wärter blickte hinter dem Schirm hervor. «Ich kann seinen Puls nicht fühlen, und er sieht so merkwürdig aus.» Der Doktor verschwand hinter dem Schirm, und man vernahm Bewegungen und das Klirren eines Glases.
Scales sah gespannt auf den Teller. Machte sich schon ein Unterschied bemerkbar? Begann einer der roten Tupfen auf Walters Seite zu gerinnen und sich in Körnchen zu teilen, als ob jemand Pfeffer daraufgestreut hätte? Er war nicht sicher. Die Tropfen auf seiner Seite sahen völlig gleich aus. Wieder las er die Bezeichnungen; wieder bemerkte er die rosafarbene Rose, die beim Einbrennen etwas verschmiert worden war. Die rosafarbene Rose — da war etwas Merkwürdiges mit dieser Rose — aber was nur? Einer von Walters Tropfen veränderte sich allmählich, ganz gewiß. Ein harter Ring bildete sich am Rand, und die winzigen Pfefferkörner wurden dunkler und deutlicher.
«Wir dürfen nicht mehr viel Zeit verlieren», sagte der Arzt bei seiner Rückkehr, «hoffentlich . . .»
Er beugte sich wieder über den Teller. Es war der mit III bezeichnete Tropfen, der dieses körnige Aussehen hatte. Stand der Teller genauso wie zu Anfang? Scales konnte sich nicht erinnern. Der Arzt untersuchte jetzt die Proben genau mit einem Taschenmikroskop und richtete sich dann mit einem Seufzer der Erleichterung auf.
«Gruppe 3», verkündete er. «Da haben wir Glück gehabt.»
Wer von uns? dachte Scales (obgleich er der Antwort ziemlich sicher war). Die rosafarbene Rose spukte ihm immer noch im Kopf herum.
«Ja», fuhr der Arzt fort, «keine Spur von Agglutination. Ich glaube, wir können es riskieren ohne einen direkten Test mit

dem Blut des Patienten. Das würde zwanzig Minuten dauern, und soviel Zeit haben wir nicht.» Er wandte sich an Scales. «Sie sind der Mann, den wir brauchen.»
«Ich nicht?» rief Walter.
«Pst!» gebot der Doktor. «Nein, leider haben wir keine Verwendung für Sie.» Er wandte sich wieder an Scales. «Sie sind ein Universalspender — sehr nützlich für solche Fälle. Herz ist wohl ganz gesund, wie? Sie machen einen kräftigen Eindruck und sind, Gott sei Dank, nicht fett. Legen Sie bitte Ihren Rock ab und krempeln Sie den Hemdärmel auf. Es wird Ihnen nichts ausmachen. Zuerst werden Sie sich vielleicht etwas schwach fühlen, aber nach ein, zwei Stunden wird alles wieder in Ordnung sein.»
«Das ist ja beruhigend», meinte Scales, der immer noch auf den Teller starrte. Die verschmierte Rose war zu seiner Rechten. War sie immer dort gewesen? Nicht auch zu seiner Linken? Wann? Bevor die Blutstropfen auf den Teller kamen? Oder danach? Wie konnte sich die Position geändert haben? Als der Arzt den Teller in die Hand nahm? Oder hatte Walter den Teller vielleicht mit seinem Ärmel erfaßt und umgedreht, als er so wild auf den Wandschirm zustürzte? War das geschehen, bevor die Proben gekennzeichnet worden waren? Ganz sicher vorher — nachdem sie entnommen und ehe sie gekennzeichnet waren. Und das bedeutete . . .
Der Arzt öffnete wieder die Trommel und nahm Verbandzeug, Zange, Schere, eine Glasflasche und eine Spritze heraus.
. . . Das bedeutete, daß sein eigenes Blut und Walters Blut die Plätze vertauscht hatten, *bevor* der Test mit dem Serum gemacht wurde, und wenn sich das so verhielt . . .
Der Verschluß der Trommel schnappte zu.
. . . Wenn auch nur der geringste Zweifel bestand, mußte man den Arzt darauf aufmerksam machen und den Test wiederholen. Aber vielleicht war ihrer beider Blut verwendungsfähig, und der Arzt hatte lediglich ihm den Vorzug gegeben vor dem armen Walter, der wie Espenlaub zitternd neben ihm stand. Klumpen mit II, klar mit III; Klumpen mit III, klar mit II — er konnte sich nicht mehr entsinnen, wie das war . . .
«Nein, tut mir leid», wiederholte der Arzt und bugsierte Walter kurzentschlossen zur Tür. Dann kehrte er an den Tisch

zurück. «Armer Kerl – kann nicht verstehen, warum sein Blut nicht brauchbar ist. Hoffnungslos. Ebensogut könnte ich Mr. Drury Blausäure injizieren.»

... Die rosafarbene Rose.

«Doktor ...», begann Scales.

Und plötzlich ertönte Drurys Stimme hinter dem Schirm; er sprach die Zeile, die ursprünglich zynisch klingen sollte, sprach sie aber, wie er sie in fast hundert Aufführungen auf der Bühne gesprochen hatte:

«Schon gut, schon gut, regen Sie sich nicht auf – ich werde auf meinen Lorbeeren ausruhen.»

Die verhaßte Stimme, die Stimme des Komödianten, süß wie Honigseim, flüssig und voll wie eine berauschte Flöte.

Zum Teufel mit ihm! Scales spürte, wie der Gummistreifen oberhalb seines Ellbogens straffer gezogen wurde. Hoffentlich stirbt er. Ich würde alles darum geben, wenn ich diese Stimme nicht mehr zu hören brauchte. Ich würde ...

Er beobachtete, wie sein Arm anschwoll und blaue und rote Flecken darauf erschienen. Der Arzt machte ihm eine Einspritzung.

... Ich würde alles geben. Mein Leben. Mein Blut. Ich brauche *nur* mein Blut zu geben – und den Mund zu halten. Der Teller ist tatsächlich umgedreht worden. Nein, ich weiß es nicht. Es ist Sache des Arztes, sich darum zu kümmern ... Ich kann jetzt nichts mehr sagen, er würde sich sonst wundern, warum ich nicht eher gesprochen habe ... Autor opfert Blut, um Wohltäter zu retten ... Rosen zu seiner Rechten, Rosen zu seiner Linken ... Rosen, Rosen überall ... Ich werde auf meinen Lorbeeren ausruhen ...

Jetzt der Einstich. Sein Blut floß, stieg in dem Glasbehälter. Jemand brachte eine Schale mit warmem Wasser, von der schwacher Dampf aufstieg.

... Sein Leben für seinen Freund ... nach ein, zwei Stunden alles wieder in Ordnung ... Blutsbrüder ... Blut bedeutet Leben ... könnte ihm ebensogut Blausäre geben ... Einen Mann mit Blut vergiften ... mit dem eigenen Blut ... ganz neue Mordmethode ... Mord ...

«Zappeln Sie nicht so», sagte der Arzt.

... Und was für ein Motiv! Der Dichter mordet, um sein

Künstlertum zu retten ... Wer würde das glauben ... Und dabei sogar Geld einbüßen ... Dein Geld oder dein Leben ... sein Leben für seinen Freund ... seinen Freund für sein Leben ... Leben oder Tod ... Nicht zu wissen, wer der Spender war ... nicht wirklich zu wissen ... eigentlich überhaupt nicht zu wissen ... Zu spät, um noch etwas zu sagen ... Niemand hat gesehen, daß der Teller umgedreht wurde ... Wer würde je denken ...?

«So, das genügt», sagte der Arzt. Er lockerte den Gummistreifen, zog die Nadel heraus und tupfte die Punktur mit Watte ab — alles, wie es Scales schien, mit einer einzigen Bewegung. Dann stellte er das Gefäß mit dem Blut in einen kleinen Ständer über der Schale mit dem warmen Wasser und verband seinen Arm. «Wie fühlen Sie sich? Bißchen schwach? Gehen Sie hinüber ins andere Zimmer und legen Sie sich eine Weile hin.»

Scales öffnete seinen Mund, um zu sprechen, wurde aber plötzlich von einer merkwürdigen Übelkeit befallen. Er stürzte zur Tür und sah im Vorbeieilen, wie der Arzt das Blut hinter den Schirm trug.

Der Kuckuck soll den Reporter holen! Der drückte sich immer noch hier herum. So etwas war für die Zeitungen gefundenes Fressen. «Heldenhaftes Opfer eines dankbaren Autors.» Gute Story. Eine noch bessere Story, wenn der heldenhafte Autor den Reporter beim Wickel nähme und ihm die unglaubliche Wahrheit ins Ohr flüsterte: «Ich habe ihn gehaßt, aus tiefster Seele, das kann ich Ihnen versichern. Ich habe ihn vergiftet. Mein Blut ist Gift für ihn, Schlangenblut, Drachenblut ...»

Und was würde der Arzt sagen? Wenn Drury stürbe, würde er Verdacht schöpfen? Was könnte er schon vermuten? Er hatte nicht gesehen, daß der Teller verschoben war. Niemand hatte das gesehen. Er könnte sich selbst der Nachlässigkeit zeihen, aber das würde er wahrscheinlich nicht ausposaunen. Und er *war* nachlässig gewesen, dieser aufgeblasene, fette, schwatzhafte Narr. Warum hatte er die Proben nicht sofort gekennzeichnet? Warum hatte er Scales' Blut nicht noch mit Drurys Blut getestet? Wozu mußte er so viele Erklärungen abgeben? Einem sagen, wie leicht es war, seinen Wohltäter zu ermorden?

Scales hätte brennend gern gewußt, was sich dort in der Garderobe abspielte. Walter hielt sich draußen im Gang auf. Walter war eifersüchtig, hatte ihn scheel angeblickt, als er nach der Blutentnahme hereingestolpert kam. Wenn Walter wüßte ... Erst jetzt kam Scales in den Sinn, daß er Walter einen schäbigen Streich gespielt hatte, ihn betrogen hatte – Walter, der so sehr danach verlangte, sein rechtes, wahres, lebenspendendes Blut zu opfern ...

Zwanzig Minuten, fast eine halbe Stunde vergingen. Wann würden sie wissen, ob alles in Ordnung oder alles mißlungen war? «Ebensogut könnte ich ihm Blausäure injizieren», hatte der Arzt gesagt. Das deutete auf eine ziemlich drastische Wirkung. Blausäure wirkte rasch – man starb, wie von einer Axt gefällt.

Scales stand auf, schob Walter und den Reporter beiseite und überquerte den Gang. In Drurys Zimmer war der Schirm fortgerückt worden. Als Scales durch die Tür blickte, konnte er Drurys Gesicht sehen; es war weiß und glänzte von Schweiß. Der Arzt beugte sich über den Patienten und fühlte ihm den Puls. Er sah unglücklich, fast bestürzt aus. Plötzlich drehte er sich um, erblickte Scales und kam zu ihm herüber. Er schien Minuten zu brauchen, um das Zimmer zu durchqueren.

«Es tut mir leid», sagte er. «Ich bin in großer Sorge. Sie haben Ihr Bestes getan – wir alle haben unser Bestes getan.»

«Hat es nichts genützt?» flüsterte Scales, dessen Zunge und Gaumen wie ausgedörrt waren.

«In solchen Fällen lassen sich keine sicheren Prognosen stellen», erwiderte der Arzt. «Ich fürchte, daß er sterben wird.» Er brach ab, und seine Augen blickten unsicher. «Ein zu großer Blutverlust», murmelte er, als ob er sich selbst die Geschichte erklären wollte, «dazu Schock, Überlastung des Herzens, leicht erregbar. Er klagte fast sofort über Schmerzen im Rücken.» Mit größerer Zuversicht fügte er hinzu: «Es ist immer ein gewisses Risiko, wenn die Blutübertragung so spät erfolgt – und manchmal ist eine besondere Idiosynkrasie vorhanden. Ich hätte einen direkten Test vorgezogen, aber es ist unangenehm, wenn der Patient während dieser Untersuchung stirbt.»

Mit einem verlegenen Lächeln trat er wieder an die Couch, und Scales folgte ihm. Wenn Drury es vermocht hätte, den

Tod auf der Bühne so darzustellen wie jetzt! Scales konnte sich nicht von der Vorstellung befreien, daß Drury schauspielerte — daß der Glanz auf der Haut Schminke war und das rauhe, mühselige Atmen das einstudierte Todesröcheln. Wenn die Wirklichkeit so theatralisch sein konnte, dann mußte das Theater beunruhigend der Wirklichkeit ähneln.

Irgend jemand schluchzte in seiner Nähe. Walter war ins Zimmer geschlichen, und diesmal machte ihm der Arzt Platz.

«Oh, Mr. Drury!» jammerte Walter.

Drurys blaue Lippen bewegten sich. Er öffnete die Augen; die vergrößerten Pupillen ließen sie schwarz und sehr groß erscheinen.

«Wo ist Brand?»

Der Arzt wandte sich fragend an die anderen. «Wer ist Brand?»

«Die zweite Besetzung», flüsterte Scales. Walter sagte: «Er wird gleich hier sein, Mr. Drury.»

«Das Publikum wartet», keuchte Drury. Er holte mühsam Atem und sprach mit seiner alten Stimme:

«Brand! Holen Sie Brand! Vorhang auf!»

Garrick Drurys Tod war eine Meisterleistung.

Niemand, dachte Scales, wird es je wissen. Nicht einmal er selbst. Drury hätte durch den Schock sterben können. Es ließ sich jetzt nicht mit Sicherheit sagen, daß das Blut nicht richtig war; die Sache mit der verschmierten Rose konnte Einbildung gewesen sein. Auch wenn man tief in seinem Innern anderer Überzeugung war — beweisen konnte es niemand. Oder vielleicht doch? Es mußte natürlich eine Leichenschau stattfinden. Würden sie eine Autopsie machen? Konnten sie beweisen, daß das Blut nicht richtig war? Wenn ja, dann war es Sache des Arztes, seine Erklärungen abzugeben: «besondere Idiosynkrasie», Zeitnot und so weiter. Er *mußte* diese Erklärung geben oder sich der Nachlässigkeit bezichtigen.

Niemand konnte nachweisen, daß der Teller bewegt worden war. Walter nicht und der Doktor nicht. Ebensowenig ließ es sich nachweisen, daß er, Scales, es gesehen hatte. Die Annahme, daß er, der durch Drurys Tod so viel verlor, es gesehen und geschwiegen haben könnte, war phantastisch. Es gibt Dinge, die selbst die Vorstellungskraft eines Coroners und das Glaubensvermögen einer Totenschaukommission übersteigen.

Die Moschuskatze

Es ist wirklich anständig von Ihnen, mich hier aufzusuchen, Harringay. Glauben Sie mir, ich rechne Ihnen das hoch an. Nicht jeder vielbeschäftigte Anwalt würde sich so viel Mühe um einen so hoffnungslosen Klienten machen. Ich wünschte nur, ich könnte Ihnen eine Geschichte erzählen, mit der sich etwas anfangen ließe, aber, offen gestanden, kann ich Ihnen nur das sagen, was Peabody bereits von mir gehört hat. Ich weiß natürlich, daß er kein Wort davon glaubt, und nehme es ihm nicht übel. Er ist der Ansicht, daß ich eine glaubwürdigere Geschichte erfinden könnte – und damit hat er wahrscheinlich recht, aber was hat das für einen Zweck? Man fällt doch irgendwo herein, wenn man sich in Lügen verstrickt. Was ich Ihnen jetzt sage, ist die absolute Wahrheit. Ich habe einen einzigen Schuß abgefeuert, und nur diesen einen. Und zwar auf die Katze. Komisch, daß man gehängt werden soll, weil man auf eine Katze geschossen hat.

Merridew und ich waren stets die besten Freunde, schon auf der Schule und der Universität. Nach dem Kriege sahen wir nicht viel von einander, weil wir in entgegengesetzten Teilen des Landes wohnten. Aber wir trafen uns von Zeit zu Zeit in London und schrieben uns gelegentlich; jeder von uns wußte, daß der andere sozusagen im Hintergrund existierte. Vor zwei Jahren schrieb er mir, daß er sich verheiraten würde. Er war gerade vierzig geworden, und das Mädchen war fünfzehn Jahre jünger, und er war maßlos in sie verliebt. Es versetzte mir einen ziemlichen Stoß – Sie wissen ja, wie es ist, wenn Ihre Freunde heiraten. Man hat das Gefühl, daß sie niemals wieder die alten sein werden, und ich hatte mich an den Gedanken gewöhnt, daß Merridew und ich geborene Junggesellen seien. Aber ich gratulierte ihm natürlich, schickte ihm ein Hochzeitsgeschenk und hoffte aufrichtig, daß er glücklich werden würde. Er war offenbar bis über beide Ohren verliebt – gefährlich verliebt – obwohl es, abgesehen von dem Altersunterschied, anscheinend eine ganz passende Partie war. Er hatte sie ausgerechnet bei der Gartengesellschaft eines Pfarrers in Norfolk kennengelernt, und sie war noch nie aus ihrem Heimatdorf herausgekommen, nicht einmal eine Fahrt in die nächste Stadt.

Ihr Vater war ein merkwürdiger Einsiedler – ein Kenner des Mittelalters, oder so etwas Ähnliches – schrecklich arm. Er starb kurz nach ihrer Heirat.
Während des ersten Jahres nach der Hochzeit sah ich nichts von ihnen, Merridew ist nämlich Ingenieur, und er nahm seine Frau nach den Flitterwochen mit nach Liverpool, wo er am Hafen zu tun hatte. Es muß für sie eine große Veränderung gewesen sein nach der Einöde von Norfolk. Ich war damals in Birmingham und steckte bis über die Ohren in Arbeit. Wir tauschten daher nur gelegentliche Briefe aus. Seine Briefe kann ich nur als wahnsinnig glücklich bezeichnen, besonders zuerst. Später schien er sich um die Gesundheit seiner Frau zu sorgen. Sie war ruhelos; das Leben in der Stadt bekam ihr nicht; er war froh, als er seinen Job in Liverpool aufgeben und mit ihr auf dem Lande leben konnte. Wohlverstanden, an ihrem Glück war nicht zu zweifeln. Er war ihr mit Leib und Seele zugetan und sie ihm ebenfalls, soweit ich feststellen konnte. Das möchte ich deutlich hervorheben.
Kurz und gut, Merridew schrieb mir zu Anfang des vorigen Monats und teilte mir mit, daß er eine neue Arbeit in Somerset angenommen habe. Er fragte an, ob ich mich nicht freimachen und einige Wochen mit ihnen zusammen verbringen könne. Sie hätten Zimmer im Gasthaus des Dorfes. Es sei ein ziemlich abgelegener Flecken, aber landschaftlich reizvoll und ein Anglerparadies, und ich könne Felicitas Gesellschaft leisten, während er am Damm arbeite. Ich hatte damals gerade genug von Birmingham und der Hitze, und der Vorschlag erschien mir verlockend. Außerdem standen mir Ferien zu. Also ging ich darauf ein. Ich hatte erst noch etwas in London zu tun, was mich voraussichtlich eine Woche in Anspruch nahm, und setzte daher meine Ankunft in Little Hexham auf den 20. Juni fest.
Zufällig wickelten sich meine Geschäfte in London unerwartet rasch ab, und am sechzehnten war ich frei. Ich hockte in einem Hotel, wo unter meinen Fenstern Preßluftbohrer und andere Baumaschinen einen Höllenlärm machten. Sie erinnern sich wohl noch an diesen glühend heißen Juni? Ich hielt es für sinnlos, länger zu warten. Also schickte ich Merridew ein Telegramm, packte meine Koffer und fuhr noch am selben Abend nach Somerset. Ich konnte kein Abteil für mich allein bekom-

men, entdeckte aber ein Raucherabteil erster Klasse, in dem nur drei Plätze besetzt waren, und drückte mich dankbar in die vierte Ecke. Die anderen Fahrgäste waren ein militärisch aussehender alter Herr, eine alte Jungfer mit einer Unmenge von Koffern und Körben und ein junges Mädchen. Ich glaubte, eine angenehme, ruhige Reise vor mir zu haben.
Diese Vermutung hätte sich auch erfüllt, wenn ich nicht so unglücklich veranlagt wäre. Zuerst war alles in bester Ordnung. Ich duselte sogar ein und wachte erst um sieben Uhr wieder auf, als der Kellner zum Abendessen aufforderte. Die anderen gingen nicht zum Essen, und als ich aus dem Speisewagen zurückkam, war der alte Herr verschwunden. Nur die beiden Frauen waren noch da. Ich machte es mir wieder in meiner Ecke gemütlich, aber nach einer Weile beschlich mich das gräßliche Gefühl, daß irgendwo im Abteil eine Katze sei. Ich gehöre zu jenen unglückseligen Leuten, die Katzen nicht ertragen können. Nicht, daß ich Hunde vorziehe – aber die Anwesenheit einer Katze im selben Raum übt eine verheerende Wirkung auf mich aus. Ich kann es nicht beschreiben, aber ich glaube, es geht einer ganzen Reihe von Leuten ebenso. Soll mit Elektrizität zu tun haben, wie man mir erklärt hat. Ich habe gelesen, daß die Abneigung oft auf beiden Seiten besteht. In meinem Falle leider nicht. Die Biester finden mich im Gegenteil faszinierend und schießen jedesmal auf meine Beine los. Ein komisches Leiden, das mich bei alten Damen gerade nicht beliebt macht.
Auf alle Fälle ging es mir von Minute zu Minute schlechter, und ich kam zu der Überzeugung, daß die alte Dame in einem ihrer Körbe eine Katze haben mußte. Ich überlegte, ob ich sie bitten sollte, den Korb in den Gang zu stellen, oder ob ich den Schaffner rufen sollte. Aber ich war mir bewußt, wie lächerlich das klingen würde, und nahm mir vor, die Zähne zusammenzubeißen. Ich versuchte mich abzulenken, indem ich das junge Mädchen betrachtete.
Der Anblick lohnte sich – sie war sehr schlank, dunkel, und ihre weiße Haut erinnerte an Magnolienblüten. Auch hatte sie die seltsamsten Augen der Welt: ein sehr blasses Braun, fast bernsteinfarben, weit auseinanderliegend und etwas schräggestellt, und sie schienen eine eigene Leuchtkraft zu besitzen.

Aber denken Sie jetzt nicht, daß es mich erwischt hatte. Sie besaß durchaus keine Anziehungskraft für mich, doch konnte ich mir vorstellen, daß ein anderer Mann ganz wild auf sie sein mochte. Sie war einfach ungewöhnlich, weiter nichts. Aber wie sehr ich mich auch abzulenken versuchte, ich konnte des unbehaglichen Gefühls nicht Herr werden. Schließlich gab ich es auf und trat auf den Gang. – Wenn Sie sich nur vorstellen könnten, wie elend mir in Gegenwart einer Katze wird – selbst wenn sie in einem Korb verschlossen ist – Sie würden verstehen, wie ich dazu kam, den Revolver zu kaufen!

Nun, wir kamen in Hexham Junction, der Bahnstation von Hexham an, und da stand der gute Merridew auf dem Bahnsteig und wartete. Die junge Dame stieg ebenfalls aus, und ich stellte gerade ihre Siebensachen auf den Bahnsteig, als er herbeieilte und uns begrüßte.

«Hallo!» rief er. «Das ist ja prächtig. Habt ihr euch schon miteinander bekannt gemacht?» Da ging mir auf, daß das Mädchen Mrs. Merridew war, die in London Einkäufe gemacht hatte. Ich erklärte ihr, weshalb ich meine Pläne geändert hatte, und sie erwiderte, wie schön es sei, daß ich kommen konnte – die üblichen Redensarten. Ich freute mich an ihrer tiefen, sympathischen Stimme und ihren graziösen Bewegungen und konnte Merridews Vernarrtheit verstehen, aber wohlgemerkt, ohne sie zu teilen.

Wir stiegen in seinen Wagen. Mrs. Merridew saß hinten und ich neben ihrem Mann. Ich war froh, in der frischen Luft zu sein und das bedrückende, gespannte Gefühl loszuwerden, das mich im Zuge gequält hatte. Merridew erzählte mir, daß die Gegend ihnen außerordentlich gut gefalle; Felicitas sei ein ganz anderer Mensch geworden, auch er selbst fühle sich gekräftigt. Auf mich persönlich machte er jedoch einen ziemlich abgekämpften und nervösen Eindruck.

Das Gasthaus hätte Ihnen gefallen, Harringay. Eins von der guten alten Sorte – altmodisch und wunderlich, und alles echte Antiquitäten, keine Imitationen aus der Tottenham Court Road. Na, wir hatten alle zu Abend gegessen, Mrs. Merridew war müde und ging früh zu Bett, Merridew und ich tranken noch ein Gläschen in der Gaststube und machten dann einen Bummel durchs Dorf – ein winziges Fleckchen am Ende der

Welt mit kleinen strohgedeckten Häusern, wo um zehn Uhr schon alles in tiefstem Schlafe lag.

Der Wirt – ein Klotz von einem Mann mit einem völlig ausdruckslosen Gesicht – schloß gerade die Bar ab, als wir zurückkehrten.

Man hatte mir ein vortreffliches Zimmer gegeben, dicht unter dem Dach, mit einem breiten, niedrigen Fenster, das auf den Garten ging. Die Bettwäsche roch nach Lavendel, und ich hatte mich kaum zugedeckt, da war ich schon eingeschlafen. Irgendwann in der Nacht wachte ich auf. Da es mir heiß war, nahm ich einige Decken vom Bett und ging ans Fenster, um frische Luft zu schöpfen. Der Garten war vom Mondlicht überflutet, und ich konnte sehen, wie sich auf dem Rasen etwas merkwürdig drehte und wand. Nach einer Weile erkannte ich, daß es zwei Katzen waren. In dieser Entfernung beunruhigten sie mich nicht, und ich sah ihnen eine Weile zu, ehe ich wieder zu Bett ging. Sie balgten sich, sprangen auseinander und jagten ihrem eigenen Schatten nach. Es wirkte wie ein ritueller Tanz. Dann schien sie etwas stutzig zu machen, und sie huschten davon.

Ich legte mich wieder hin, konnte aber nicht mehr einschlafen. Meine Nerven schienen überreizt zu sein. Ich lag da und sah auf das Fenster, während ich auf ein weiches Rascheln lauschte, das aus der großen, an dieser Seite des Hauses rankenden Glyzinie kam. Und dann landete plötzlich etwas mit einem weichen Aufprall auf meiner Fensterbank – eine riesige Moschuskatze.

Eine von diesen grau und schwarz gestreiften Katzen. Bei uns zulande nennt man sie so. Noch nie hatte ich eine von dieser Größe gesehen. Sie stand da mit seitwärts geneigtem Kopf und starrte ins Zimmer, während sie die Ohren leise am Fensterkreuz rieb.

Das konnte ich natürlich nicht dulden. Ich verjagte das Biest, das geräuschlos verschwand. Trotz der Hitze schloß ich das Fenster. Fern im Gebüsch glaubte ich ein schwaches Miauen zu hören. Dann Schweigen. Ich schlief endlich wieder ein und rührte mich nicht, bis ich von dem Mädchen geweckt wurde.

Am nächsten Tage nahm uns Merridew in seinem Wagen mit, um uns den Damm zu zeigen. Bei dieser Gelegenheit merkte ich zum erstenmal, daß Mrs. Merridews Nervosität doch noch nicht ganz geheilt war. Merridew zeigte uns die Stelle, wo ein Teil des Flusses in einen kleinen schnellen Wasserlauf verwandelt war, der den Dynamo einer elektrischen Anlage speisen sollte. Man hatte ein paar Planken über diesen Bach gelegt, und Merridew wollte uns hinüberführen, um uns die Maschinen zu zeigen. Der Bach war weder breit noch gefährlich, doch Mrs. Merridew weigerte sich entschieden, ihn zu überqueren, und wurde ganz hysterisch, als ihr Mann sie zu überreden versuchte. Schließlich gingen er und ich allein hinüber. Als wir zurückkehrten, hatte sie sich beruhigt und entschuldigte sich wegen ihres Benehmens. Merridew nahm natürlich alle Schuld auf sich, und ich kam mir ein wenig überflüssig vor. Sie erzählte mir später, daß sie als Kind einmal in einen Fluß gefallen und beinahe ertrunken sei, und seitdem habe sie einen Widerwillen gegen fließendes Wasser. Abgesehen von dieser unbedeutenden Episode, habe ich während meines ganzen Aufenthaltes nie gehört, daß die beiden sich gestritten hätten. Auch bemerkte ich eine ganze Woche lang nichts, das auf einen Defekt in Mrs. Merridews strahlender Gesundheit schließen ließ. Im Gegenteil, als Mittsommer näher rückte und die Hitze intensiver wurde, schien ihr ganzer Körper vor Vitalität zu glühn. Es war, als ob sie von innen her leuchtete.

Merridew war den ganzen Tag draußen am Damm und arbeitete sehr viel, meiner Ansicht nach zuviel. Ich fragte ihn, ob er schlecht schlafe. Im Gegenteil, erwiderte er, er schlafe ein, sobald sein Kopf auf dem Kissen liege, und habe – was höchst ungewöhnlich für ihn sei – überhaupt keine Träume. Ich selbst schlief auch ganz gut, aber die Hitze machte mich schlapp. Mrs. Merridew unternahm lange Autofahrten mit mir. Ich lehnte stundenlang im Wagen, durch den warmen Lufthauch und das Summen des Motors eingelullt, und blickte hin und wieder auf meine Fahrerin, die kerzengerade am Steuer saß, die Augen unverwandt auf das Fließband der Straße gerichtet. Wir durchstreiften die ganze Gegend südlich und östlich von Little Hexham, und ein paarmal stießen wir sogar im Norden bis Bath vor. Einmal schlug ich vor, über die Brücke in einen Wald zu fahren. Doch Mrs. Merridew war von dieser Idee nicht entzückt. Sie sagte, die Straße sei schlecht und das Landschaftsbild auf der anderen Seite der Brücke enttäuschend.

Im großen und ganzen verbrachte ich eine angenehme Woche in Little Hexham, und wenn die Katzen nicht gewesen wären, hätte ich mich durchaus behaglich gefühlt. Aber jede Nacht suchten sie den Garten heim. Die Moschuskatze, die ich in der ersten Nacht gesehen hatte, dazu eine kleine rötliche und ein stinkender schwarzer Kater waren besonders lästig. Ich bombardierte meine Besucher mit Stiefeln und Büchern bis zum Überdruß, aber sie schienen entschlossen, den Wirtshausgarten zu ihrem Treffpunkt zu machen. Die Plage wurde von Nacht zu Nacht schlimmer. Einmal zählte ich fünfzehn Katzen, die auf ihren Hinterteilen saßen und einen Kreis bildeten, während die Moschuskatze ihren Schattentanz tanzte und wie ein Weberschiffchen zwischen ihnen hindurchglitt. Ich mußte bei geschlossenem Fenster schlafen; denn die Moschuskatze hatte es sich zur Gewohnheit gemacht, an der Glyzinie emporzuklettern. Die Tür mußte ich ebenfalls schließen; denn als ich einmal hinuntergegangen war, um etwas aus dem Wohnzimmer zu holen, fand ich sie auf meinem Bett, wo sie mit in sinnlicher Ekstase geschlossenen Augen die Decke mit den Pfoten knetete – *pr'rp pr'rp pr'rp*. Ich jagte sie fort, und sie fauchte mich an, als sie in den dunklen Korridor flüchtete.
Ich erkundigte mich bei der Wirtin nach ihr und erhielt die abweisende Antwort, daß man im Gasthaus keine Katzen halte. Bei Tage habe ich auch niemals eine dieser Kreaturen gesehen. Aber eines Abends in der Dämmerung traf ich den Wirt in einem der Nebengebäude. Auf seiner Schulter hockte die rötliche Katze, und er fütterte sie mit Leberstückchen. Ich machte ihm Vorhaltungen darüber, daß er die Katzen zu sehr an diesen Platz gewöhne, und fragte ihn, ob ich ein anderes Zimmer bekommen könne, da mich das nächtliche Katzengeschrei störe. Er murmelte, daß er mit seiner Frau darüber sprechen wolle. Aber es blieb alles beim alten.
Und dazu wurde es von Tag zu Tag schwüler, als ob ein Gewitter im Anzuge sei. Der Himmel war wie Messing und die Erde wie Eisen, und die Luft zitterte, daß es den Augen weh tat, sie anzusehen …
Na schön, Harringay, ich werde mich kürzer fassen. Jedenfalls verschweige ich Ihnen nichts. Meine Beziehungen zu Mrs. Merridew waren durchaus normal. Natürlich waren wir sehr viel

zusammen, da Merridew ja den ganzen Tag fort war. Wir fuhren morgens mit ihm zum Damm und brachten den Wagen wieder mit zurück. Bis zum Abend mußten wir uns so gut unterhalten wie es ging. Sie schien ganz gern in meiner Gesellschaft zu sein, und ich hatte nichts gegen sie einzuwenden. Ich kann Ihnen nicht sagen, worüber wir sprachen – nichts Besonderes. Sie war keine redselige Frau. Sie konnte stundenlang in der Sonne liegen, ohne viel zu sagen; gab einfach ihren Körper dem Licht und der Wärme hin. Manchmal spielte sie einen ganzen Nachmittag mit einem Zweig oder einem Kieselstein, während ich dabeisaß und rauchte. Beruhigend? Nein. Nein – so möchte ich sie eigentlich nicht nennen. Auf mich wirkte sie jedenfalls nicht so. Abends wurde sie lebhafter und redete etwas mehr, aber im allgemeinen ging sie früh zu Bett und ließ Merridew und mich bei unserer Unterhaltung im Garten allein.
Ach, der Revolver. Natürlich. Ich kaufte ihn in Bath, als ich genau eine Woche in Little Hexham war. Wir fuhren morgens hin, und während Mrs. Merridew einige Sachen für ihren Mann besorgte, stöberte ich in den Altwarenläden herum. Ich hatte beabsichtigt, mir ein Luftgewehr oder eine Schrotflinte oder etwas Ähnliches zu besorgen, und dann sah ich den Revolver. Sie haben ihn natürlich auch gesehen. Er ist sehr klein – fast ein Spielzeug, wie es in den Büchern immer heißt, aber dennoch eine tödliche Waffe. Der Alte, der ihn mir verkaufte, schien sich mit Schießwaffen nicht auszukennen. Er hatte ihn vor einiger Zeit als Pfand angenommen, wie er mir sagte, zusammen mit zehn Kugeln. Er machte keine Schwierigkeiten wegen eines Waffenscheins – war sicher froh, daß er das Ding verkaufen konnte. Ich erwähnte im Scherz, daß ich mir ein paar Katzen aufs Korn nehmen wolle. Bei dieser Bemerkung schien er aufzuhorchen und fragte mich, wo ich wohne. Ich erwiderte: «In Little Hexham.»
«Ich rate Ihnen, vorsichtig zu sein, Sir», sagte er. «Sie halten da unten viel von ihren Katzen und glauben, es bringt Unglück, wenn man sie tötet.» Und dann fügte er noch etwas hinzu, das ich nicht richtig verstanden habe, etwas von einer silbernen Kugel. Er war ein tatteriger alter Mann und schien jetzt Bedenken zu hegen, ob er mir den Revolver anvertrauen

könne, aber ich versicherte ihm, daß ich keine Dummheiten damit machen würde. Er sah mir von der Ladentür aus nach, während er nachdenklich an seinem Bart zupfte.
In der Nacht kam das Gewitter. Der Himmel hatte sich gegen Abend in Blei verwandelt, aber die schwüle Hitze war noch drückender als der Sonnenschein. Beide Merridews schienen hochgradig nervös zu sein – er war verdrießlich und verwünschte das Wetter und die Fliegen, sie war von einer merkwürdigen, vibrierenden Erregung befallen. Ein nahendes Gewitter wirkt auf manche Menschen so. Mir erging es nicht viel besser, und zu allem Übel beschlich mich das Gefühl, daß das Haus voller Katzen sei. Ich konnte sie nicht sehen, wußte aber, daß sie da waren, hinter den Schränken lauerten und lautlos durch die Korridore huschten. Es war mir kaum möglich, im Gastzimmer zu sitzen; ich war froh, als ich mich endlich auf mein Zimmer verziehen konnte. Katzen hin, Katzen her, ich mußte das Fenster öffnen. Ich saß da, mit aufgeknöpfter Pyjamajacke, und versuchte einen Lufthauch zu erhaschen. Aber der Raum war wie das Innere eines Ofens. Und stockdunkel. Von meinem Fenster konnte ich kaum sehen, wo das Gebüsch aufhörte und der Rasen begann. Doch die Katzen konnte ich hören und fühlen. Es kratzte in der Glyzinie und raschelte in den Blättern, und gegen elf Uhr begann eine von ihnen das Konzert mit einem langen, häßlichen Jammergeschrei. Eine nach der anderen fiel ein – ich möchte schwören, daß es mindestens fünfzig waren! Und bald darauf beschlich mich wieder dieses widerliche Gefühl, das meine Haut kribbeln ließ, und ich wußte, daß sich eine der Katzen in der Dunkelheit an mich heranpirschte. Ich blickte mich um, und da stand sie, die große Moschuskatze, dicht an meiner Schulter, und ihre Augen glühten wie grüne Lampen. Mit einem gellenden Schrei schlug ich nach ihr, und sie sprang fauchend in die Tiefe. Ich hörte sie auf dem Kies landen, und überall im Garten brach von neuem ein heftiges Gejaule aus. Im nächsten Augenblick herrschte völlige Stille. In der Ferne sah man einen züngelnden blauen Blitz – kurz darauf noch einen. Beim ersten erkannte ich, daß die Gartenmauer der Länge nach von Katzen besetzt war, wie der Fries in einem Kinderzimmer. Beim zweiten Blitz war die Mauer leer.

Um zwei Uhr kam der Regen. Drei Stunden lang hatte ich am Fenster gesessen und beobachtet, wie die Blitze über den Himmel zuckten, und mich am Krachen des Donners ergötzt. Das Gewitter schien die elektrischen Spannungen aus meinem Körper entfernt zu haben – ich hätte vor Erregung und Erleichterung schreien können. Dann fielen die ersten schweren Tropfen, die bald in einen kräftigen Regen übergingen. Schließlich die Sintflut. Mit einem Geräusch wie von fallenden Stahlstäben prasselte der Regen auf den ausgedörrten Boden. Der Erdgeruch drang berauschend ins Zimmer, und der zunehmende Wind schleuderte mir die Tropfen ins Gesicht. Ich hörte am anderen Ende des Korridors ein Fenster zuschlagen, aber ich lehnte mich weit hinaus und ließ Kopf und Schultern vom Regen überfluten. Der Donner grollte noch von Zeit zu Zeit, aber weniger laut und in weiterer Ferne, und im Schein eines gelegentlichen Blitzes sah ich das weiße Gitterwerk des fallenden Wassers zwischen mir und dem Garten.
Nach einem dieser Donnerschläge vernahm ich ein Klopfen an meiner Tür. Ich öffnete und auf der Schwelle stand Merridew mit einer Kerze in der Hand und schreckensbleich.
«Felicitas!» sagte er. «Sie ist krank. Ich kann sie nicht wach bekommen. Um Himmels willen, komm und hilf mir!»
Ich folgte ihm in sein Zimmer. Hier standen zwei Betten – ein mit karmesinrotem Damast behangenes Himmelbett und ein schmales, nahe ans Fenster gerücktes Feldbett. Das schmale Bett war leer. Die beiseitegeworfenen Decken deuteten darauf hin, daß Merridew sich gerade von diesem Lager erhoben hatte. Im Himmelbett lag Mrs. Merridew, nackt, nur mit einem Laken bedeckt. Ihr langes schwarzes Haar hing in zwei Zöpfen über ihre Schultern. Ihr Gesicht war wächsern, eingefallen wie bei einer Leiche, und ihr Puls so schwach, daß ich ihn zuerst kaum finden konnte. Sie atmete langsam und flach, und ihre Haut fühlte sich kalt an. Ich schüttelte sie, aber ohne jede Wirkung. Dann zog ich ihre Augenlider hoch und sah, daß die Iris unter den Lidern verschwunden war, so daß nur noch das Weiße sichtbar war. Ich berührte einen der empfindlichen Augäpfel mit meiner Fingerspitze, ohne eine Reaktion. Ich fragte mich, ob sie wohl ein Rauschgift nahm.
Merridew hielt eine Erklärung für angebracht und stotterte

etwas von der Hitze – sie konnte nicht einmal ein seidenes Nachthemd ertragen – *sie* hatte ihm den Vorschlag gemacht, im anderen Bett zu schlafen – er hatte nicht einmal das Gewitter gehört – war erst aufgewacht, als ihm der Regen ins Gesicht strömte. Er war aufgestanden und hatte das Fenster zugemacht. Dann hatte er nach ihr gerufen, um zu wissen, ob alles in Ordnung sei – er nahm an, daß das Gewitter sie vielleicht erschreckt habe. Es kam keine Antwort. Dann hatte er eine Kerze angezündet, und ihr Zustand hatte ihm Angst eingejagt – und so weiter.

Ich bat ihn, sich zusammenzunehmen, und sagte, wir wollten versuchen, ihre Blutzirkulation anzuregen, indem wir ihr die Hände und Füße rieben. Ich war überzeugt, daß sie unter dem Einfluß eines Opiates stand. Wir machten uns an die Arbeit: wir rieben sie, kneteten sie, schlugen sie mit nassen Handtüchern und riefen sie beim Namen. Aber es war, als hätten wir eine Tote vor uns. Daß sie noch lebte, deutete nur das leichte, aber regelmäßige Heben und Senken ihres Busens an, auf dem ich – überrascht, daß die magnolienhafte Weiße irgendwie getrübt war – gerade über dem Herzen ein großes braunes Muttermal entdeckte. Auf meine verstörte Phantasie wirkte es wie eine Wunde und eine Drohung. Wir hatten uns bereits eine Zeitlang heftig abgemüht, als wir durch ein Geräusch vor dem Fenster abgelenkt wurden. Ich ergriff die Kerze und blickte hinaus.

Auf der Fensterbank saß die Moschuskatze und kratzte an der Scheibe. Das nasse Fell klebte ihr am Körper, ihre Augen blickten mich böse an, ihr Maul war in heftigem Protest geöffnet. Sie klammerte sich ungestüm an das Fensterkreuz, während ihre Hinterpfoten kratzend auf dem Holzwerk ausrutschten. Ich hämmerte an die Scheibe und brüllte sie an, und sie schlug wie besessen mit den Pfoten gegen das Glas. Als ich mich fluchend abwandte, stieß sie einen langen, verzweifelten Schrei aus ...

Merridew rief mir zu, ich möchte die Kerze bringen und das Biest in Ruhe lassen. Ich kehrte ans Bett zurück, aber das Gejammer nahm kein Ende. Ich schlug Merridew vor, den Wirt zu wecken, Wärmeflaschen und Brandy zu holen und nach Möglichkeit einen Boten zum Arzt zu schicken. Während er sich auf den Weg machte, fuhr ich mit der Massage fort. Mir war, als ob ihr Puls schwächer würde. Dann fiel mir plötzlich ein, daß ich eine kleine Brandyflasche in meinem Koffer hatte. Ich lief hinaus, um sie zu holen, und sofort hörte das Heulen der Katze auf.

Als ich mein Zimmer betrat, empfand ich den durch das offene Fenster wehenden Luftzug als sehr angenehm. Ich fand meinen Koffer im Dunkeln und wühlte unter Hemden und Socken nach der Flasche, als ich auf einmal ein lautes, triumphierendes «Miau» hörte. Ich drehte mich rasch um und sah gerade noch, wie die Moschuskatze sich auf der Fensterbank duckte, bevor sie an mir vorbei aus dem Zimmer sprang. Ich fand die Flasche und eilte damit zurück, gerade als Merridew und der Wirt die Treppe hinaufstürmten.

Wir betraten alle zusammen das Zimmer, und in diesem Augenblick regte sich Mrs. Merridew, richtete sich auf und fragte uns erstaunt, was denn eigentlich los sei.

Ich bin mir selten so blöde vorgekommen.

Am nächsten Tag war es kühler. Das Gewitter hatte die Luft gereinigt. Was Merridew seiner Frau erzählt hatte, weiß ich nicht. Keiner von uns spielte auf den nächtlichen Zwischenfall an, und allem Anschein nach befand sich Mrs. Merridew bei bester Gesundheit und Laune. Merridew nahm sich einen Tag frei, und wir machten alle zusammen eine lange Picknick-Tour. Wir befanden uns im besten Einvernehmen. Fragen Sie Merridew — er wird es Ihnen bestätigen. Er würde ... er könnte bestimmt nichts anderes sagen. Ich kann nicht glauben, Harringay, ich kann einfach nicht glauben, daß er sich vorstellen oder den Verdacht haben könnte, daß ich ... Hören Sie, es gab überhaupt nichts, das einen Verdacht erwecken konnte. Gar nichts!

Ja — dies ist das wichtige Datum — der 24. Juni. Ich kann Ihnen keine weiteren Einzelheiten geben; es gibt nichts zu berichten. Wir kehrten zurück und nahmen, wie üblich, unser Dinner ein. Alle drei hatten wir den ganzen Tag bis zum Schlafengehen zusammen verbracht. Ich gebe Ihnen mein Ehrenwort, daß ich an diesem Tage weder mit ihm noch mit ihr irgendeine Privatunterredung gehabt habe. Ich ging als erster zu Bett, und ich

hörte, wie die anderen etwa eine halbe Stunde später die Treppe heraufkamen.
Es war eine mondhelle Nacht. Ausnahmsweise störte kein Katzengeschrei die nächtliche Stille. Ich schloß nicht einmal das Fenster oder die Tür. Bevor ich zu Bett ging, legte ich den Revolver neben mich auf den Stuhl. Ja, er war geladen. Ich hatte die Absicht, auf die Katzen zu schießen, falls ihr Treiben wieder losging.
Ich war todmüde und nahm an, daß ich sofort einschlafen würde, aber die Erwartung erfüllte sich nicht. Wahrscheinlich war ich übermüdet. Ich lag im Bett und starrte auf das Mondlicht. Und dann, gegen Mitternacht, hörte ich das, worauf ich unbewußt wohl gewartet hatte: ein verstohlenes Rascheln in der Glyzinie und ein schwaches Miauen.
Ich richtete mich im Bett auf und griff nach dem Revolver. Ich hörte den Aufprall, als die große Katze auf den Fenstersims sprang. Ich sah deutlich die schwarz und silbrig gestreiften Flanken, den Umriß ihres Kopfes, die gespitzten Ohren, den aufgerichteten Schwanz. Ich zielte und drückte ab. Das Biest stieß einen fürchterlichen Schrei aus und sprang ins Zimmer.
Ich schnellte aus dem Bett. Der Knall meines Schusses hallte mit vielfachem Echo durch das schweigende Haus. Irgendwo in der Ferne hörte ich eine Stimme. Mit dem Revolver in der Hand verfolgte ich die Katze in den Korridor, um ihr vollends den Garaus zu machen. Und da sah ich Mrs. Merridew im Türrahmen von Merridews Zimmer. Sie stützte sich mit beiden Händen an den Türpfosten und schwankte hin und her. Dann sank sie vor mir zu Boden. Ihre nackte Brust war über und über mit Blut bedeckt. Als ich, den Revolver umklammernd, dastand und auf sie herabstarrte, kam Merridew heraus und fand uns – so ...

Nun, Harringay, das ist meine Geschichte, genau wie ich sie Peadbody auch erzählt habe. Ich fürchte, sie wird vor Gericht nicht gut klingen, aber ich kann es nicht ändern. Die Blutspuren führten von meinem Zimmer bis zu ihrem; die Katze muß diesen Weg genommen haben. Ich *weiß*, daß es die Katze war, die ich angeschossen habe. Eine Erklärung kann ich Ihnen nicht geben. Ich kann nicht sagen, wer Mrs. Merridew erschossen hat oder warum. Auch kann ich nichts dafür, wenn die Leute im Gasthaus behaupten, sie hätten die Moschuskatze nie gesehen. Merridew hat sie in jener Nacht gesehen, und ich weiß, daß er es nicht abstreiten wird. Durchsuchen Sie das Haus, Harringay – das ist das einzige, was man tun kann. Kehren Sie das Unterste zuoberst, bis Sie den Kadaver der Moschuskatze finden. In ihm werden Sie meine Kugel entdecken.

Inhalt

Leseprobe aus Scherz-classic-Krimi 834

DOPPELT GEKILLT HÄLT BESSER

von Giorgio Scerbanenco

Es ist schwierig, zwei Personen gleichzeitig umzubringen, aber sie hielt mit dem Wagen genau an der Stelle, die sie fast auf den Zentimeter festgelegt hatte; man erkannte sie an dem sonderbaren, neugotischen Eisensteg, der den Kanal überbrückte. Während der Wagen wie ein Pfeil, der ins Schwarze trifft, genau auf diesem Fleck stehenblieb, sagte sie: »Ich steige mal aus, eine Zigarette rauchen; im Wagen rauche ich nicht gern.« Sie sagte es zu den beiden, die sie umbringen mußte. Sie stieg aus, ohne auf eine Antwort zu warten, obwohl diese, erschöpft von der üppigen Mahlzeit und weil sie eben alt waren, ihr freundlich und mit leiser Stimme sagten, sie solle nur ruhig aussteigen. Sie dösten ungestört weiter, die beiden fetten Alten in ihren weißen Regenmänteln, und sie dazu noch in ihrem lederfarbenen Wollschal. Er hatte dieselbe Farbe wie ihre Haut, so daß sie aussah wie ein aufgedunsener Frosch. Trotzdem, vor Millionen von Jahren, noch mitten im Zweiten Weltkrieg, war sie nach eigener Behauptung eine große Schönheit gewesen; damals nannten sie manche Leute bei ihrem offiziellen Namen, Adele Terrini; aber in Buccinasco, in Ca' Tarino, wo man zu vieles von ihr wußte, hieß sie nur Adele, das Schwein. Und ihr Vater, der blöde Amerikaner, hatte sie Adele, die Hoffnung, genannt.
Auch sie, seine Tochter, die jetzt dabei war, sie samt ihrem Begleiter umzubringen, war Amerikanerin; aber sie war nicht dumm. Als sie draußen war, schlug sie die Tür zu. Sie hatte an beiden Türen die Riegel heruntergedrückt. Sie zündete sich eine Zigarette an und sah hinüber zur Landstraße jenseits des Kanals,

wo zu dieser späten Stunde der Wagenverkehr nur noch spärlich floß; auch das hatte sie einkalkuliert. Dann ging sie scheinbar ziellos hinter den Wagen; es war ein bescheidener, leichter Fiat. Da war also ein Kanal; er hieß Alzaia Naviglio Pavese. Für sie als Amerikanerin war das ein ziemlich schwieriger und unverständlicher Name, denn ihr Italienischlehrer in San Francisco, Arizona, hatte sich nicht zu Feinheiten verstiegen wie die, daß »alzaia« das Tau bedeutet, mit dem vom Ufer aus Barken und Schleppkähne stromaufwärts gezogen werden. Aber für den Namen interessierte sie sich auch gar nicht so, sondern mehr für die wunderbare Lage des Kanals zwischen zwei Straßen. Und für die Tatsache, daß der Kanal in dieser Jahreszeit reichlich Wasser führte. Die größere, asphaltierte, war die Staatsstraße Nr. 35; die andere, sie sah im Gegensatz dazu rührend ländlich aus, war die alte Straße der Alzaia. Und in der Mitte war der Kanal.
Sie brauchte den Wagen also nur leicht anzuschieben, und alles vollzog sich in wenigen Sekunden so präzis und sanft, wie sie es vorgesehen und organisiert hatte. Es war dasselbe, als ob man einen Karren eine Senkung hinunterschiebt . . .